월 스트리트의 한 필경사 이야기

바틀비

그림 권아림

옮김 추선정

Herman Melville

허먼 멜빌

목차

바틀비 – 월 스트리트의 한 필경사 이야기

나도 이제 상당히 나이가 들었다. 지난 삼십 년 동안 직업의 특성상 나는 흥미롭고 다소 기이한 사람들을 많이 만날 수 있었다. 그 사람들에 대한 글은 내가 알기론 한 번도 쓰인 적이 없다. 그들은 법원 서기 혹은 필경사이다. 나는 그런 사람들을 직업적으로 그리고 사적으로 많이 알고 있다. 그래서 마음만 먹으면 그들의 이야기를 통해 점잖은 신사를 웃게 할 수도, 감성적인 사람을 울게 할 수도 있다. 그러나 지금까지 내가 보고 들은 사람들 중 가장 특이한 필경사, 바틀비의 삶을 이야기하기 위해 다른 필경사들의 이야기는 하지 않을 것이다. 다른 필경사라면 그들 생애 전반에 대한 글을 쓸 수도 있겠지만, 바틀비의 경우에 그건 불가능하다. 그의 완전하고 만족스러운 전기를 위한 그 어떤 자료도 존재하지 않기 때문이다. 그것은 문학에 있어서는 회복할 수 없는 큰 손실이다. 바틀비는 기본적인 자료를 제외하곤 확인할 수 있는 것이 거의 없는 사람이었고, 그나마 그 기본적인 것도 아주 적었다. 놀라움을 금치 못하며 내가 직접 본 **것만이** 내가 아는 전부였고, 그 외엔 뒤에 이야기할 모호한 기록만이 있을 따름이다.

이 필경사가 내 앞에 처음 나타났을 때를 이야기하기 전에 나와 **직원들**, 내 사업, 사무실 그리고 주변 환경에 대해 말하는 것이 좋을 것 같다. 왜냐하면 그러한 설명이 소개될 주인공을 적절하게 이해하는 데 도움을 줄 수 있기 때문이다.

우선, 나는 어려서부터 인생은 쉽게 가는 것이 최고라는 확신을 가지고 살아온 사람이다. 그래서 사람들이 흔히 말하듯, 내 직업은 에너지와 긴장감이 넘치고 때로는 큰 굴곡도 있지만, 그것 때문에 마음의 평화가 깨진 적은 단 한 번도 없었다. 나는 결코 배심원 앞에 서 본 적도, 어떤 방식으로든 대중의 박수를 끌어내 본 적도 없는 야심 없는 변호사이다. 대신에 아늑한 방에서 차분하고 고요하게 부자들의 채권, 저당권 그리고 등기권리증을 다루는 편안한 일을 하고 있다. 나를 아는 모든 사람들은 나를 대단히 **안전한** 사람이라고 생각한다.

고인이 된, 시적인 열정은 전혀 없었던 저명인사

존 제이콥 애스터는 망설임 없이, 나의 첫 번째 장점은 신중함이고, 두 번째 장점은 체계성이라고 말했다. 이런 말을 하는 것은 자랑하고자 함이 아니고 그저 내가 존 제이콥 애스터의 사건을 맡았다는 사실을 기록하기 위함이다. 사실 나는 그 이름을 반복해서 말하는 걸 좋아한다. 그 이름은 둥글고 완전한 소리로 마치 금괴를 두드리는 듯한 소리가 나기 때문이다. 그의 칭찬에 마음이 동했던 점도 덧붙이고 싶다.

이 짧은 이야기가 시작되기 얼마 전부터 내 사무실의 일이 늘어나기 시작했다. 지금은 뉴욕주에서 폐지된 형평법원의 사법관 자리가 나에게 주어졌기 때문이다. 그 일은 별로 힘들지 않은데 보수가 꽤 괜찮았다. 나는 좀처럼 화를 내는 일이 없고, 잘못된 일이나 잔혹한 행위에 대해 분노하여, 그것 때문에 위험에 빠지는 일도 당연히 거의 없다. 그러나 새로운 헌법에 의해 갑작스럽게 형평법원의 사법관직을 폐지한 것은 시기상조이므로 조금 경솔하게 반응해도 될 것 같다. 왜냐하면 나는 그 자리에서 나올 평생의 수익을 기대했는데 단지 몇 년 치의 수익만을 벌었기 때문이다. 그러나 사실 이건 중요한 이야기는 아니다.

나의 사무실은 월 스트리트 ○○번지 2층에 있었다. 사무실 한쪽에선 넓은 천장 채광창을 낸 통풍구의 하얀 벽이 보이고, 그것은 빌딩 꼭대기에서 바닥까지 관통하고 있었다. 이 전망은 풍경 화가들이 말하는 '생기'가

바틀비, 월 스트리트의 한 필경사 이야기

부족하다기보다는 단조롭다고 볼 수 있다. 더 나을 건 없지만, 내 사무실의 반대쪽에서 보는 전망은 그것과 대조적이다. 그 방향에선 오래되고 항상 그늘져 있어 검은 색을 띠는 높은 벽돌 벽이 보인다. 그 벽의 숨은 아름다움을 찾기 위해 쌍안경을 사용할 필요도 없다. 모든 근시안도 볼 수 있을 정도로, 그 벽은 내 사무실 창가에서 불과 십 피트도 떨어지지 않은 곳까지 튀어나와 있기 때문이다. 주변의 높은 빌딩들 때문에, 이층에 있는 내 사무실과 이 벽 사이의 공간은 마치 거대한 사각 물탱크 같다.

바틀비가 등장하기 얼마 전까지 나는 두 명의 필경사와 전도유망한 한 소년을 사환으로 두고 있었다. 첫 번째 인물은 칠면조, 두 번째는 펜치, 세 번째는 생강 쿠키이다. 이것이 이름처럼 보일 수도 있지만, 인명부에선 좀처럼 찾아볼 수 없을 것이다. 사실 이건 그들이 서로에게 붙여준 별명으로 각자의 성격을 잘 나타낸다. 칠면조는 작은 키에 숨 쉬는 것도 힘들만큼 뚱뚱한 영국인으로, 나와 비슷한 예순 살 정도의 나이이다. 그의 얼굴은 아침에는 발그레하니 혈색이 좋지만, 낮 열두 시인 그의 만찬 시간이 지나면, 마치 크리스마스 때 석탄을 가득 품은 벽난로처럼 붉게 타오르다가 서서히 약해지면서 저녁 여섯 시까지 지속된다. 그 이후의 그의 얼굴은 본 적이 없지만, 태양과 함께 정점에 도달했다가 일몰과 함께 지고, 그 다음날도 마찬가지로 약화되지 않는 찬란함을 발하며 절정에 이르렀다가 사그라든다. 내 삶에서

바틀비, 월 스트리트의 한 필경사 이야기

무수한 우연의 일치가 있었지만, 그중에 거의 항상 일치하는 건 칠면조의 불그스름한 얼굴이 가장 빛나는 그 순간이, 내가 보기엔 그의 업무 능력이 심각하게 감소하기 시작하는 시점이라는 것이다. 그 시점부터 그가 일을 전혀 안 하거나 하기 싫어한다는 것은 아니다. 오히려 그 반대로 에너지가 너무 넘치는 것이 문제다. 그의 행동에는 조금 이상하고 너무 격앙된, 어쩔 줄 모르는 변덕스러운 무모함이 있다. 그는 잉크병에 펜을 넣을 때조차 조심성이 없다. 문서의 수많은 잉크 얼룩들은 다 열두 시 이후에 생긴 것이다. 실제로 그는 오후만 되면 덜렁대고 잉크를 흘릴 뿐만 아니라, 어떤 날은 소란스럽기까지 했다. 그럴 때 그의 얼굴은 마치 무연탄에 올린 촉탄처럼 시뻘겋게 불타올랐다. 그는 의자로 거슬리는 소음을 내는가 하면, 잉크를 받는 모래상자를 뒤엎고, 펜을 수선하다가 자기 성질에 못 이겨 조각내 버리고, 갑자기 분노하며 그것들을 바닥에 내동댕이치곤 했다. 책상에 몸을 굽힌 채 보기 흉한 모습으로 서류를 뒤적이는, 그런 노인의 모습을 본다는 것은 참으로 슬픈 일이었다. 그럼에도 불구하고 그는 여러 면에서 나에게 소중한 사람이다. 열두 시 이전에는 그 누구도 따라올 수 없는 방식으로 많은 양의 일을 해내는 가장 빠르고 가장 근면한 사람이다. 그렇기 때문에 나는 그의 기이한 행동을 최대한 눈감아 주지만, 가끔씩 잔소리를 하지 않을 수 없다. 그러나 그런 이야기를 할 때에도 최대한 부드럽게 해야

했다. 왜냐하면 아침에는 가장 예의 바른, 아니 온화하고 존경으로 가득 찬 사람이 오후에는 약간의 자극에도 경솔해지고, 무례하기까지 한 말을 내뱉기 때문이다. 그가 아침에 해내는 업무의 가치를 보면 그와 쭉 함께 가야겠다고 생각하다가도, 열두 시 이후에 격앙된 그의 행동을 보면 마음이 불편해진다. 평화를 사랑하는 나는 내 충고가 그의 꼴사나운 반발을 불러일으키지 않기를 바라며, 마음을 단단히 먹고 어느 토요일 오후에 (그는 항상 토요일에 더 안 좋아진다) 친절한 말투로 이야기했다. 그도 이제 나이가 들었으니 일을 좀 줄이는 것이 어떻겠냐고. 요컨대 열두 시, 그의 만찬이 끝난 이후에는 사무실에 나올 필요 없이, 곧장 집으로 가서 티타임까지는 쉬는 것이 어떻겠냐고 제안했다. 그러나 그는 안 된다며, 오후에도 업무를 하겠다고 우겼다. 만일 그의 아침 업무가 유용하다면, 오후에는 얼마나 더 중요하겠냐는 것이었다. 사무실의 반대편에서 긴 자를 휘두르며 나를 설득할 때, 그의 얼굴은 새빨갛게 달아올라 있었다.

"변호사님, 저는 저 자신을 변호사님의 오른팔이라고 생각합니다. 아침에 저는 부대를 모으고 배치할 뿐이지만, 오후에 저는 제가 스스로 선두에 서서 용감하게 적군을 향해 돌진합니다." 그리고는 그 자로 허공을 격렬하게 찔렀다.

"하지만 그 잉크 얼룩은요, 칠면조 씨?" 하고 나는 넌지시 물었다.

"그건 사실입니다. 그러나 변호사님, 이 머리를 좀 보십시오. 저는 점점 늙어갑니다. 따뜻한 오후에 흘린 잉크 한두 방울 때문에 늙은 사람을 너무 몰아세우면 되겠습니까? 나이 먹은 사람은 비록 얼룩을 묻혔더라도 존중받아야 합니다. 변호사님, 우리 **둘 다 함께** 늙어가고 있습니다."

이런 식의 동류의식에 호소하는 것에는 도저히 저항할 수가 없었다. 어쨌든 나는 그가 의견을 굽히지 않을 것임을 알았다. 그래서 나는 그를 그대로 두기로 했다. 대신 오후에는 덜 중요한 서류를 맡기기로 결심했다.

내 두 번째 직원인 펜치는 구레나룻을 기른 약간 누런 안색의, 전반적으로는 해적같이 생긴 스물다섯 살 청년이었다. 나는 항상 그를 야심과 소화불량이라는 두 가지 악의 희생자라고 생각한다.

그의 야심은 단순한 필경사의 업무를 못 견뎌 하고, 법률문서의 원본을 작성하는 것과 같은 전문적인 일에 주제넘게 간섭하는 행위를 통해 드러났다. 소화불량은 때때로 보이는 신경질적인 조급함이나 활짝 웃을 때의 성마름에서 그 조짐이 보였다. 그는 필경을 하다 실수를 하면 모두에게 들리도록 이를 갈고, 일에 열중할 때는 말보다는 욕을 하고, 자신이 쓰는 책상 높이에 대해 지속적으로 불평을 토로한다. 펜치는 아주 기발한 기계적 조치들을 취했지만, 결코 책상의 높이를 자기에게 맞도록 조절하지는 못했다. 책상 밑에 온갖 나뭇조각, 다양한 뭉

치들, 골판지, 마지막에는 압지까지 접어 조정을 했다. 그러나 그 어떤 창의적 행위도 소용이 없었다. 등을 편안하게 하기 위하여 그는 책상 뚜껑을 자신의 턱까지 가파른 각도로 높이고, 마치 네덜란드의 기울어진 지붕을 책상으로 사용하는 사람처럼 뚜껑에 대고 글을 썼다. 그리고는 곧 팔에 순환이 안 된다며, 책상을 허리 높이로 낮추고 몸을 구부린 채 필경을 했다. 그리곤 바로 허리가 아프다며 투덜댔다. 요컨대, 문제의 핵심은 펜치가 자신이 무엇을 원하는지 알지 못한다는 것이다. 만일 원하는 게 있다면, 그것은 필경사의 책상을 완전히 없애는 것이다. 그의 병적인 야심은 정체불명의 사람들의 방문을 즐긴다는 것에서도 드러난다. 그들은 그가 고객이라고 부르는 초라한 행색의 사람들이었다. 실제로 그는 그 지역에서 상당히 지명도가 있었고, 때때로 법원에서 사건들을 맡았으며, 뉴욕의 툼스 구치소에서도 그를 모르는 사람이 없었다. 그러나 사무실로 그를 찾아온, 그가 우쭐대며 고객이라고 주장하는 그 사람이 빚쟁이에 지나지 않으며, 부동산 권리증이라고 말했던 것이 사실은 청구서였다는 것을 나는 알고 있다. 그러나 그의 모든 결점과 나에게 불러일으키는 짜증에도 불구하고, 그의 동료 칠면조처럼 그는 나에게 필요한 사람이었다. 그는 깔끔하고 빠르게 필경을 할 수 있으며, 마음만 먹으면 신사로서 부족함이 없었다. 이것에 더하여 그는 항상 신사 같은 옷차림을 하고 있어 사무실의 평판에 도움이 되었다. 그에

반해 칠면조의 경우, 나는 그가 사무실의 체면을 손상시키지 않도록 야단법석을 떨어야 했다. 그의 옷은 기름에 절어 보였고 음식점 냄새가 났다. 여름에는 헐렁한 자루 같은 바지를 입었다. 그의 코트는 형편없었고, 모자는 손 댈 수조차 없었다. 그러나 모자는 나에게 관심 밖의 일이었다. 왜냐하면 영국인으로서 타고난 예의가 항상 사무실에 들어오는 순간 모자를 벗도록 했기 때문이다. 그러나 코트는 다른 문제였다. 나는 코트에 관해서 그를 설득해 보았지만 소용이 없었다. 사실 그의 적은 수입으로는 그렇게 윤기 나는 얼굴과 코트를 동시에 과시하기는 힘들었을 것이다. 게다가 펜치가 예전에 말한 것처럼, 칠면조의 돈은 주로 레드 와인을 사는 데 사용되었기 때문이다. 어느 겨울날, 나는 칠면조에게 품위 있어 보이는, 솜을 채운 내 회색 코트를 선물로 줬다. 그것은 아주 편안하고 따뜻한, 단추가 무릎에서 목까지 있는 옷이었다. 나는 칠면조가 내 호의를 감사하게 여겨 오후의 경솔함과 소란스러움이 조금 약해질 것이라고 생각했다. 그러나 아니었다. 그를 담요같이 포근한 코트로 감싸는 것은 마치 말에게 많은 귀리가 해로운 것과 같은 이치였다. 실제로 경솔하고 성급한 말이 귀리를 보고 흥분하는 것처럼, 칠면조도 코트를 보고 흥분했다. 코트가 그를 거만하게 만들었던 것이다. 그와 같은 남자에게 풍요는 독이었다.

칠면조의 제멋대로인 행동에 대해서는 어느 정도 추측하고 있었지만, 펜치의 경우 다른 결점이 있더라도 최소한 술은 잘 절제하는 청년이라는 확신이 있었다. 그러나 술에 대한 것은 양조사로서의 그의 본질 때문인 것 같다. 그 본질이 그가 태어날 때 화를 잘 내는 브랜디 같은 기질을 주입해서 한 잔의 술도 필요 없어진 것이 아닐까 싶다. 조용한 사무실에서 펜치는 때때로 참을 수 없다는 듯이 벌떡 일어나서, 책상에 몸을 굽힌 채 팔을 벌려 그의 책상을 잡는다. 그리고 마치 그 책상이 그를 힘들고 귀찮게 하려는 의도가 있는 악령인 것처럼 책상을 밀고 흔든다. 그런 모습을 보면서 펜치는 정말로 술이 필요 없는 사람이라는 생각이 들었다.

소화불량이라는 특이한 원인 때문에, 펜치의 과민함과 그에 따른 불안감은 주로 아침에만 관찰되었다. 그래서 오후에는 상대적으로 평온했고, 그건 나에게는 너무 다행스러운 일이었다. 칠면조의 발작은 열두 시경에 시작되기 때문에 나는 둘의 기행을 한꺼번에 겪은 적은 없었다. 그들의 발작은 경비병의 교대처럼 번갈아 나타났다. 펜치가 발작하면 칠면조가 괜찮았고, **칠면조가 발작하면 펜치가 멈추었다.** 이것은 상황에 맞춰 자연스럽게 조정되었다.

세 번째 직원인 생강 쿠키는 열두 살 정도의 소년이었다. 그의 아버지는 마부였는데, 아들이 마차 대신 판사석에 앉아 있는 걸 보고 싶은 야망이 있었다. 그래서 그는 자신의 아들을 주급 일 달러에 사환과 청소부 역할을 하면서 법을 배울 수 있는 내 사무실로 보냈다.

생강 쿠키에게는 작은 책상이 있었지만 거의 사용하지 않았다. 그의 서랍 안에는 다양한 종류의 견과류 껍질들이 잔뜩 들어있었다. 실제로 이 두뇌회전이 빠른 소년에게 법이라는 고상한 학문은 견과류 껍질 안에 담겨있었다. 생강 쿠키의 업무 중에 가장 자주 하지만, 사소하지 않은 일은 칠면조와 펜치에게 과자와 사과를 조달해 주는 것이었다. 법률문서 필사는 흔히 말하듯 건조한 작업이라 나의 두 필경사들은 세관과 우체국 옆의 가판대에서 사온 스피첸버그 사과로 자주 그들의 입을 축여 줘야만 했다. 또한 그들은 생강 쿠키에게 툭하면 작고 평평하고 둥글고 매운 그 특이한 과자를 사오게 했다. 사실 소년의 별명도 그 과자에서 따온 것이다. 일이 잘 안 되는 추운 날 아침이면, 칠면조는 이 과자를 마치 웨이퍼(일 페니에 여섯 개에서 여덟 개까지 살 수 있다)처럼 몇 개씩 게걸스럽게 먹어치웠다. 바삭거리는 과자를 씹는 소리가 그의 펜 긁는 소리와 뒤섞여 들려왔다. 칠면조가 불타는 오후에 허둥대며 저질렀던 실수 중 하나는 과자에 침을 묻혀, 저당권 증서에 밀랍 봉인 대신에 붙여버린 일이었다. 그땐 너무 화가 나 그를 해고할 뻔했다. 그러나 그는 동양식으로 허리를 굽히면서 "변호사님, 문구류는 제가 샀습니다."라고 말하면서 나를 진정시켰다.

내가 형평법원의 사법관 자리를 맡고 나서, 내 본래 업무인 부동산 소유권 이전, 권원 조사 그리고 모든 종류의 법률 서류 작성의 일이 상당히 많아졌다. 따라서 필경

바틀비, 월 스트리트의 한 필경사 이야기

사들의 일도 늘어났다. 현재 직원들을 밀어붙이기도 했지만 새로운 인력도 필요했다. 어느 날 아침, 광고를 보고 온 한 청년이 내 사무실 문턱에 아무런 움직임 없이 서있었다. 여름이라 문을 열어놓은 그곳에 파리하게 단정하고, 비참할 정도로 정중하고, 구제할 수 없을 만큼 고독한 그런 모습으로 말이다. 그가 바로 바틀비였다.

그의 경력에 대해 몇 가지를 물어본 직후 그를 고용했다. 그렇게 차분한 사람을 내 필경사로 둘 수 있어서 너무 기뻤다. 그런 성격이 변덕이 심한 칠면조나, 불같은 성격의 펜치에게 긍정적으로 영향을 끼칠 수 있을 것이라 생각했기 때문이다. 미리 말했어야 했지만, 내 사무실은 우윳빛 유리 접문을 사이에 두고, 한쪽은 필경사들이 다른 쪽은 내가 사용하고 있었다. 나의 기분에 따라 그 문을 열어놓기도 하고 닫아놓기도 했다. 바틀비의 자리는 접문 바로 옆인 내 방 쪽에 두기로 했다. 그건 사소한 일이 생겼을 때 이 조용한 남자를 쉽게 부르기 위해서였다. 나는 그의 책상을 방의 작은 창문 근처에 놓았다. 그 창을 통해 원래는 지저분한 뒤뜰과 벽돌을 볼 수 있었는데, 잇따른 건축으로 지금은 약간의 빛을 제외하고 아무것도 볼 수 없게 되었다. 그 창유리에서 삼 피트도 안 되는 지점에 벽이 있어, 빛은 두 고층 빌딩 사이에 있는 원형 천장의 작은 틈에서 나오는 것처럼, 아주 먼 곳에서 비춰지고 있었다. 배치를 좀 더 만족스럽게 하기 위해 나는 높은 녹색 칸막이를 사들였다. 그건 바틀비를 나의 시

바틀비, 월 스트리트의 한 필경사 이야기

야에서 벗어나게 했지만, 나의 목소리는 여전히 그에게 잘 들렸다. 사생활 보장과 사회성이 공존하게 된 것이다.

처음에 바틀비는 엄청난 양의 필사를 했다. 마치 오랫동안 필사에 굶주렸던 것처럼, 그는 내 문서를 먹어 치우고 있었다. 소화를 위해 쉬는 법도 없었다. 낮에는 햇빛에 밤에는 촛불에 의지해 밤낮으로 일했다. 만일 그가 즐겁게 일했다면, 나는 그의 근면함을 기뻐할 수 있었을 것이다. 그러나 그는 조용하고, 피폐하게 그리고 기계적으로 써나갔다.

물론 정확성을 위해 한 단어 한 단어를 확인하는 것은 필경사에겐 필수적인 일이다. 둘 이상의 필경사가 있는 사무실에선 한 명은 필사본을 낭독하고, 다른 한 명은 원본과 대조하면서 서로를 돕는데, 그건 무척이나 단조롭고, 지루하며, 권태로운 일이다. 낙관적인 기질의 사람이 이 일을 견딜 수 없는 것은 당연하다. 혈기왕성한 시인 바이런이 기쁘게 바틀비와 앉아서 빽빽하게 흘려 쓴 오백 페이지나 되는 법률문서를 대조해 볼 수 있겠는가?

바쁜 시기에 나는 칠면조나 펜치를 불러 간단한 문서를 비교하는 걸 돕는 습관이 있었다. 내가 칸막이 뒤에 바틀비를 앉힌 목적 중 하나도 그러한 사소한 일을 할 때 그를 부리기 위해서였다. 아마 그가 내 사무실에 출근한 지 삼 일째 되는 날이었을 것이다. 그는 아직 자신이 필경한 문서를 검토할 필요가 없었던 때였고, 나는 서둘러 마무리할 작은 일이 있어 바틀비를 급하게 불렀다. 바빴고 당연히 즉각적으로 반응할 거라 기대했기 때문에, 나는 눈으로는 원본을 보며 오른손에 쥔 필사본을 신경질적으로 옆으로 내밀었다. 바틀비가 자신의 구석 자리에서 나오자마자 그 필사본을 받아 지체 없이 일을 시작하도록 말이다.

그를 불렀던 그 자세로 앉아서, 나는 나와 함께 짧은 문서를 검토할 것을 지시했다. 그런데 바틀비는 자신의 자리에서 나오지도 않은 채, 아주 부드럽고 단호한 목소리로 "저는 그러고 싶지 않습니다."라고 말했다. 그 말을 들었을 때 나의 놀라움과 실망감을 상상할 수 있겠는가?

잠시 침묵 속에 앉아 충격을 달래고 있었다. 혹시 내가 잘못 들었거나 바틀비가 내 말을 잘 못 알아들은 것이 아닐까 하는 생각에 나는 분명한 어조로 다시 지시했다. 그러나 같은 대답이 들려왔다. "저는 그러고 싶지 않습니다."

"그러고 싶지 않다고?" 나는 흥분해서 성큼성큼 방을 가로질러 걸어갔다. "그게 무슨 소리야? 자네 머리가 이상해진 거 아닌가? 나는 자네가 이 문서를 검토하는 걸 돕기를 원하네. 자, 받게."

"저는 그러고 싶지 않습니다." 그가 말했다.

나는 그를 뚫어지게 바라보았다. 그의 얼굴은 아무 생각이 없는 듯 태연해 보였고, 그의 회색 눈은 흐릿하게 가라앉아 있었다. 동요하는 흔적조차 찾아볼 수 없었다. 만일 그의 태도에서 약간의 불안, 분노, 초조함이 느껴졌다면, 즉 그에게서 보통 사람의 무언가가 느껴졌다면, 나는 그를 거칠게 내쫓았을 것이다. 그러나 만일 그를 내쫓았다면, 그건 키케로의 석고상을 문밖으로 내던지는 것과 같은 기분이었을 것이다. 그는 다시 필사를 시작했고, 나는 잠시 그를 바라보며 서있었다. 그리고 다시 내 책상으로 돌아와 앉았다. 이것은 정말 이상한 일이었다. '도대체 어떻게 해야 하지?'라고 나는 생각했다. 그러나 급한 업무를 처리해야 했다. 그래서 이 일은 잠시 미뤘다가 한가할 때 다시 생각해 보기로 했다. 다른 방에 있는 펜치를 불러서 빠르게 문서를 검토했다.

이 일이 있고 며칠이 지나, 바틀비는 긴 문서 네 부를 필사했다. 그건 형평법원에서 내게 맡긴 일주일 동안의 증언이었다. 그 필사본은 반드시 검토되어야 했다. 그것은 중요한 소송이었고 정확성이 요구되었다. 모든 준비를 마치고, 나는 칠면조, 펜치 그리고 생강 쿠키를 불렀다. 네 부를 직원 네 명에게 나눠주고, 나는 원본을 읽을 예정이었다. 칠면조, 펜치 그리고 생강 쿠키가 차례로 자신의 서류를 손에 들고 각자 자리에 앉았을 때, 나는 바틀비를 불렀다.

"바틀비, 서두르게! 기다리고 있어."

나는 카펫이 깔리지 않은 바닥에서 그의 의자가 천천히 끌리는 소리를 들었고, 곧 그가 자신의 은신처 입구에 나타났다.

"무슨 일이십니까?" 그가 부드럽게 말했다.

"필사본, 필사본." 나는 다급하게 말했다. "우리는 그것들을 검토할 거야. 이건 자네 거야." 그리고 나는 그를 향해 네 번째 필사본을 내밀었다.

"저는 그러고 싶지 않습니다." 그가 그렇게 말하고 칸막이 뒤로 조용히 사라졌다.

잠시 동안, 나는 소금 기둥이 되어 내 직원들이 나란히 앉아 있는 줄의 맨 앞에 서있었다. 정신을 차리고 나는 칸막이를 향해 돌진해, 그의 이상한 행동에 대한 이유를 물었다.

"왜 못 하겠다는 건가?"

"저는 그러고 싶지 않습니다."

만일 다른 사람이었다면, 나는 분노에 휩싸여 욕을 하며 그를 내쫓았을 것이다. 그러나 바틀비는 이상하게도 나의 적의를 가라앉힐 뿐만 아니라, 마음을 움직이며 당황하게 만드는 무언가가 있었다. 나는 그를 설득하기 시작했다.

"우리가 검토하려는 건 자네의 필사본일세. 자네의 일을 덜어주려는 거야. 네 개의 필사본을 한 번의 검토로 끝낼 수 있어. 다들 이렇게 한다고. 모든 필경사들이 자신의 필사본을 검토하는 걸 도울 의무가 있어. 그렇지 않은가? 아무 말도 안 할 건가? 대답하라고!"

"저는 그러고 싶지 않습니다." 그는 피리 같은 음색으로 대답했다. 내가 그에게 말하는 동안 그는 내 말을 아주 주의 깊게 음미하고, 그 의미를 완전히 이해하는 것처럼 보였다. 그리고 거부할 수 없는 결론을 받아들이는 것 같았다. 그러나 어떤 무언가가 그에게 그렇게 대답하도록 설득한 것처럼 보였다.

"자네는 아주 관습적이고 상식적인 나의 요구를 따르지 않기로 결정한 건가?"

그는 나의 판단이 옳다는 점을 자신이 이해했다고 간결하게 표현했다. 그러나 그의 결정은 철회할 수 없는 것이었다. 한 사람이 전례 없이 아주 부당한 방식으로 뭔가를 강요당하면, 자신의 분명한 믿음조차 흔들리기 시작하는 것은 결코 드문 일이 아니다. 그리고 그 사람은 막연하게 모든 정의와 이성이 그 상대방에게 있다고 추측하기 시작한다. 따라서 만일 그곳에 객관적인 제3자가 있다면, 그는 자신의 흔들리는 마음을 잡아달라고 그들에게 의지하게 된다.

"칠면조." 나는 말했다. "자네는 이 사태를 어떻게 생각하는가? 내 말이 잘못된 것인가?"

"변호사님." 칠면조는 단조로운 어조로 말했다. "그렇지 않다고 생각합니다."

"펜치." 나는 말했다. "**자네**는 어떻게 생각하는가?"

"그를 사무실에서 내쫓아야 한다고 생각합니다."

(인지력이 좋은 독자라면 이때가 아침이었다는 걸 알아차렸을 것이다. 그래서 칠면조의 대답은 공손하고 차분한 반면, 펜치는 신경질적인 것이다. 이전 표현을 빌리자면, 펜치의 험악한 분위기는 근무 중이고 칠면조

는 휴가 중인 것이다.)

"생강 쿠키." 나는 기꺼이 나를 위한 가장 작은 한
표도 얻고자 했다.

"자네는 어떻게 생각하나?"

"제가 보기에 그는 약간 **미친 것** 같습니다." 생강
쿠키는 씩 웃으면서 대답했다.

"자네도 이 사람들이 말하는 소리 들었지?" 나는
칸막이를 향해 돌아서면서 말했다. "이쪽으로 와서
일을 하게."

그러나 그는 어떤 대답도 하지 않았다. 나는 화끈
거리는 당혹감에 잠시 상념에 잠겼다. 그러나 다시금 급
한 업무를 처리해야 했다. 그래서 나는 또 한 번 이 딜레
마에 대한 생각은 잠시 미뤘다가 한가할 때 다시 생각해
보기로 했다. 조금 곤란한 상황이었지만, 우리는 바틀비
없이 필사본을 검토했다. 칠면조는 한두 페이지마다, 이
런 일은 정말 상식에 벗어나는 일이라며 공손하게 불만
을 토로했다. 반면 펜치는 소화불량으로 인한 짜증으로
의자에서 몸을 비틀면서, 이따금 이를 악물고 칸막이 뒤
에다 고집불통 멍청이에 대해 씩씩대며 욕을 해댔다. 그
가 돈을 받지 않고 다른 사람의 일을 해주는 것은 이번
이 처음이자 마지막이었다.

반면에 바틀비는 그의 은신처에 앉아서 자신의 기
이한 일 이외에는 아무것도 의식하지 않고 있었다.

며칠이 지나고 필경사들이 또 다른 긴 문서에 매

달려 있었다. 바틀비가 이전에 보인 특이한 행동 때문에 나는 그를 예의 주시하고 있었다. 내가 관찰한 바로는 그는 한 번도 식사를 하러 나가지 않았다. 아니, 전혀 그 어디도 가지 않았다. 내가 아는 한 아직까지 단 한 번도 그가 사무실 밖으로 나가는 걸 본 적이 없다. 그는 구석 자리의 교대 없는 보초였다. 그런데 아침 열한 시가 되면 생강 쿠키가 바틀비의 칸막이 입구로 들어가곤 한다는 걸 알아차렸다. 마치 내가 앉아 있는 곳에선 보이지 않는 어떤 손짓이 조용히 생강 쿠키를 불러내는 것 같았다. 그 소년은 몇 펜스를 짤랑거리며 사무실을 나갔다가, 곧 한 줌의 생강 쿠키를 은신처에 배달하고 수고비로 쿠키 몇 개를 받곤 했다.

그는 생강 쿠키를 먹고 사는구나 하고 나는 생각했다. 그는 식사는 전혀 하지 않았다. 그러면 그는 채식주의자임에 틀림없었다. 그러나 그는 심지어 야채도 먹지 않는다. 그는 생강 쿠키 외에는 아무것도 먹지 않았다. 그러면서 나의 마음은 생강 쿠키만 먹는 것이 인간 체질에 어떤 영향을 끼칠까라는 공상에 빠져들었다. 생강 쿠키는 그 고유한 구성성분 중의 하나가 생강이고, 최종적인 향도 생강이기에 생강 쿠키라고 불린다. 그런데 생강이란 무엇인가? 맵고 자극적인 것이다. 그럼 바틀비는 맵고 자극적인가? 아니, 전혀 아니다. 그렇다면 생강은 바틀비에게 아무런 영향을 끼치지 못한 것이다. 아마도 그는 그러고 싶지 않은 것일지도 모른다.

열정적인 사람에게 수동적인 저항만큼 짜증나는 것은 없다. 만일 저항의 대상이 되는 사람이 비인간적이지 않고 저항하는 사람의 수동성이 전적으로 무해하다면, 저항의 대상이 되는 사람의 여유로운 기분에서는 자신의 판단력으로 풀기 어려운 그 행동을, 상상력을 동원해서라도 이해하려고 노력할 것이다. 그래서 대부분의 경우 나는 바틀비와 그의 행동을 다음과 같은 관점에서 받아들였다. 불쌍한 친구야! 그는 악의가 없어. 무례한 행동을 할 의도는 전혀 없었지. 그의 태도를 보면 그의 기행이 본의가 아님이 확실해. 게다가 그는 나에게 꽤나 유용한 사람이잖아. 나는 그와 잘 지낼 수 있어. 만일 내가 그를 쫓아내면, 그는 덜 관대한 고용주를 만나 형편없이 다뤄지다가 비참하게 굶어 죽을 거야. 그래, 이렇게 값싸게 달콤한 자기만족을 사는 거야. 바틀비의 친구가 되어주고 그의 이상한 고집에 맞장구를 쳐줘도 내게 손해는 없지. 그러면서 나는 내가 선한 사람이라는, 내 양심의 달콤한 작은 조각을 입증할 수 있는 뭔가를 내 영혼에 비축할 수 있어, 하고 생각했다. 그러나 이런 기분은 영원하지 않았다. 때때로 바틀비의 수동적 태도가 나를 짜증나게 만들었다. 그런데 또 한편으로는 그를 부추겨서 새롭게 또 반대를 하는 그를 마주하고 그에게서 어떤 분노의 불꽃을 이끌어 내고도 싶었다. 하지만 그건, 마치 비누에 대고 손가락을 비벼 불을 피우려는 시도와도 같은 것이었다. 그러던 어느 날 오후, 나는 그 악마 같은 충동에 빠져 다음의 작은 사건을 일으키고 말았다.

"바틀비." 나는 말했다. "그 문서들 필사가 끝나면, 나는 자네와 함께 그것들을 검토할 걸세."

"저는 그러고 싶지 않습니다."

"어째서? 자네 그 고집을 계속 피우려는 건 아니겠지?"

대답이 없었다.

나는 옆에 있는 접문을 열어젖히고 칠면조와 펜치를 향해 흥분된 어조로 외쳤다.

"그가 두 번씩이나 자신의 서류를 검토하지 않겠다고 말하는데, 칠면조 자네 생각은 어떤가?"

지금이 오후라는 걸 기억해야 한다. 칠면조는 황동 보일러처럼 달아오른 상태로 앉아있었다. 그의 대머리에서는 김이 나고 있었고, 그의 손은 얼룩이 묻은 서류 사이를 오가고 있었다.

"생각이라뇨?" 칠면조가 고함을 질렀다. "당장 칸막이 뒤로 가서 그를 한 대 갈겨주겠습니다!"

그렇게 말하면서, 칠면조는 자리에게 벌떡 일어나 그의 팔을 뻗어 권투자세를 취했다. 그가 약속을 지키려는 순간, 내가 경솔하게 칠면조의 만찬 후의 호전성을 자극했다는 사실을 깨닫고 그를 제지했다.

"앉게나, 칠면조." 나는 말했다. "펜치의 이야기를 들어보세. 펜치, 자네는 어떻게 생각하나? 내가 지금 당장 바틀비를 해고하는 게 정당하지 않다고 생각하나?"

"죄송합니다만, 그건 변호사님이 결정할 문제라고

생각합니다. 그의 행동은 꽤 독특하고, 칠면조와 제 입장에서 보면 참으로 불공평하긴 합니다. 그러나 그건 어쩌면 일시적 변덕일지도 모릅니다."

"아!" 나는 소리쳤다. "자네는 완전히 마음을 바꿨군. 지금 자네는 그에 대해 아주 호의적이야."

"모두 맥주 때문입니다." 칠면조가 외쳤다. "관대해진 건 맥주의 영향입니다. 펜치와 저는 오늘 함께 식사를 했거든요. **제가** 얼마나 관대한 줄 아시겠죠, 변호사님. 그럼 제가 가서 한 대 때리고 올까요?"

"바틀비를? 아니, 오늘은 안 돼, 칠면조." 나는 대답했다. "제발, 주먹 좀 내리게."

나는 접문을 닫고 다시 바틀비 쪽으로 갔다. 운명이 나를 또 충동질하고 있었다. 또 다시 거부를 당하고 싶은 열망이 솟구쳤다. 그러면서 나는 바틀비가 한 번도 사무실을 나간 적이 없다는 사실을 떠올렸다.

"바틀비." 나는 말했다. "생강 쿠키가 자리에 없어서 그러는데 자네 우체국 좀 다녀오겠는가? (그곳은 걸어서 3분 정도 걸린다) 가서 내게 온 우편물 좀 확인해 주게."

"저는 그러고 싶지 않습니다."

"안 가겠다고?"

"저는 그러고 **싶지** 않습니다."

나는 비틀거리며 내 책상으로 돌아와 생각에 잠겼다. 나의 무모한 집념이 다시 고개를 쳐들었다. 내가 이 비쩍 마르고 돈 한 푼 없는 인간에게 불명예스럽게 거절

당할 만한 일이 또 뭐가 있을까? 완벽히 합리적인데 그가 거절할 것이 분명한, 그런 일이 뭐가 있을까?

"바틀비!"

대답이 없었다.

"바틀비." 좀 더 큰소리로 불렀다.

대답이 없었다.

"바틀비." 고함을 질렀다.

마법의 주문에 따라 나오는 진짜 유령처럼 그는 세 번째 부름에야 비로소 은신처 입구에 모습을 드러냈다.

"옆방으로 가서 펜치 좀 오라고 하게."

"저는 그러고 싶지 않습니다." 그는 공손하게 천천히 말하고는 조용히 사라졌다.

"아주 좋아, 바틀비." 나는 매우 차분한 어조로 곧 끔찍한 응징이 다가올 거라는 암시를 주며 말했다. 말하는 순간 나는 반쯤 그런 의도를 가지고 있었다. 그러나 저녁 시간이 다가오고 있었고 충격과 혼란으로 마음이 하루 종일 시달렸던 날이니 그냥 모자를 쓰고 집으로 돌아가는 것이 최선이 아닐까라는 생각이 들었다.

내가 그것을 인정해야만 할까? 이 모든 사건의 결론이 내 사무실에서 결국 기정사실화되어 버린 그것을 말이다. 그건 바틀비라는 창백한 젊은 필경사가 하나의 책상을 가지고, 보통 이절지 한 장(백 단어)당 사 센트를 받고, 나를 위해 필경을 하지만, 영원히 자신이 한 필사본에 대한 검토는 면제된다는 사실이다. 그 일은 당연히 칠면조와 펜치에게 넘겨졌는데, 그건 마치 그들의 뛰어난 업무능력에 대한 경의의 표시처럼 여겨졌다. 게다가 바틀비에게는 이유를 불문하고 사소한 심부름도 시킬 수 없고, 설사 그에게 해달라고 간청하더라도 그가 "그러고 싶지 않습니다", 즉 대놓고 거절하는 것이 당연시되고 있었다.

시간이 지나면서, 나는 바틀비에 대해 상당히 많은 부분을 받아들이게 되었다. 그의 끈기, 낭비를 모르는 점, 지속적인 근면성(그의 칸막이 뒤에서 가끔 몽상에 잠길 때를 제외하곤), 고요함, 어떤 상황에도 흔들리지 않는 태도를 보면, 그는 정말 소중한 직원이었다. 무엇보다 중요한 것은 **그가 항상 자리를 지키고 있다는 점**이었다. 아침에 가장 먼저 나와 있고, 하루 종일 자리를 비우지 않으며, 저녁에 가장 늦게까지 남아있었다. 나는 그의 정직함에 대해 강한 확신이 있었다. 가장 중요한 문서가 그의 손에 있으면 완벽하게 안전하다고 느꼈다. 때로는 그에게 발작적으로 화를 내게 되는데, 그건 나도 어쩔 수가 없었다. 왜냐하면 바틀비가 사무실에서 누리고 있는 암묵적 조건들, 즉 기행들, 특혜들, 들어본 적 없는 예외들을 항상 기억하고 있는 건 아주 어려운 일이기 때문이다. 이따금씩 나는 급한 일을 처리하기 위해 무심코 바틀비를 다급하게 호출할 때가 있다. 한 번은 빨간 끈으로 서류를 묶으면서, 그 매듭을 손가락으로 눌러 달라고 부탁했던 적이 있었다. 물론 칸막이 뒤에선 "저는 그러고 싶지 않습니다."라는 보통의 대답이 들려왔다. 인간 특유의 약점을 가진 그런 평범한 인간이 그렇게 삐뚤어지고 몰지각한 행위에 대해 어떻게 분노하지 않을 수 있겠는가. 그러나 내가 받은 이런 모든 종류의 거절은 나로 하여금 부주의하게 그를 부르는 가능성을 줄여줬다.

여기서 말해 둘 것이 있다. 사람이 많은 법률 빌딩의 다른 사무실과 마찬가지로 내 사무실 열쇠는 여러 개가 있다. 하나는 사무실을 매일 쓸고 먼지도 털고 주중에 한 번은 물청소도 하는 옥탑방 여자가 가지고 있었다. 또 하나는 편의상 칠면조가 가지고 있다. 세 번째 열쇠는 내가 가끔 주머니에 넣고 다녔다. 네 번째 열쇠는 누가 가지고 있는지 나는 몰랐다.

어느 일요일 아침, 나는 유명한 전도사의 설교를 듣기 위해 트리니티 교회에 갔다. 그런데 너무 일찍 도착해서 잠시 사무실까지 산책이나 해야겠다고 생각했다. 다행히 사무실 열쇠를 가지고 있었다. 그러나 열쇠를 자물쇠에 꽂자마자 안에 무언가가 꽂혀 있어 들어가지 않았다. 너무 놀라 안에 누가 있느냐고 소리쳐 불렀다. 그때 놀랍게도 안에서 열쇠가 돌아갔고, 살짝 열린 문을 통해 비쩍 마른 얼굴이 불쑥 나타났다. 그는 다름 아닌 유령 같은 모습의 바틀비였다. 재킷도 입지 않은 셔츠 차림으로 이상한 누더기 같은 파자마를 입고 있었다. 그는 조용한 목소리로, 미안하지만 자기가 지금 바빠서 나를 들일 수가 없다고 말했다. 그리고 아마 내가 주위를 두세 바퀴 돌고 오면, 그때까진 그가 일을 끝낼 수 있을 것이라고 덧붙였다.

　일요일 아침, 전혀 예측하지 못했던 바틀비의 등장, 그리고 내 법률사무소에 기거하면서도 신사같이 **태연**하게, 확고하고 침착한 모습을 보여주는 시체 같은 바틀비는 나에게 이상한 영향을 미쳤다. 그가 원하는 대로, 내가 사무실 문에서 슬금슬금 멀어지게 만들었다. 그러나 이 이해할 수 없는 필경사의 뻔뻔스러운 행위에 대한 무력한 반항심이 가슴을 쑤셔 약한 통증은 있었다. 사실 그의 품위 있는 유순함은 나를 무장해제 시켰을 뿐만 아니라 나의 남성성도 빼앗았다. 자신이 고용한 직원에게 지시를 받고, 심지어 자신의 사무실에서 나가라는 명령을 받은 사람은 이미 자신의 남성성을 잃은 것이다. 게다가 나는 바틀비가 셔츠 차림을 하고 일요일 아침의 편안한 그 상태로 내 사무실에서 무엇을 하고 있었는지 불안해서 견딜 수가 없었다. 안 좋은 일이 일어나고 있는 것일까? 아니, 그건 말도 안 된다. 바틀비가 비도덕적인 사람이라고는 생각할 수 없다. 그러면 도대체 그는 거기서 무엇을 하고 있었을까? 필경? 아니, 그것도 아니다. 그의 기행이 어떠하든 바틀비는 대단히 점잖은 사람이다. 그는 벌거숭이 상태로 자기 책상에 앉아 있을 사람이 아니다. 게다가 오늘은 일요일이다. 그가 일요일의 신성함을 세속적인 일로 해칠 거라는 생각

은 도저히 할 수가 없다.

그럼에도 불구하고, 내 마음은 진정되지 않았다. 호기심에 가득차서 마침내 나는 다시 사무실로 돌아왔다. 망설임 없이 열쇠를 꽂아 문을 열고 들어갔다. 바틀비는 보이지 않았다. 나는 불안한 마음으로 주위를 둘러보며 칸막이 뒤쪽도 살폈지만 그는 확실히 가고 없었다. 좀 더 자세히 사무실 안을 살펴보면서, 언제부터인지는 모르지만 바틀비가 내 사무실에서 먹고 입고 잤다는 것을, 심지어 접시, 거울, 침대도 없이 그랬다는 것을 추측할 수 있었다. 한쪽 구석의 부서질 것 같은 오래된 소파의 쿠션에는 마른 몸을 기댔던 흔적이 희미하게 남아있었다. 그의 책상 밑엔 말아 놓은 담요가, 빈 벽난로 받침대 아래에는 구두약 통과 구둣솔이, 의자 위에는 비누, 누더기 수건, 양철 대야가, 그리고 신문지 속에는 생강 쿠키 부스러기와 치즈 조각이 있었다. 그랬다. 바틀비가 이곳을 집으로 삼고 독신 생활을 한 것이 틀림없다고 나는 생각했다. 그리고 비참한 외로움이 여기에 드러난다는 생각이 번뜩 스쳐갔다. 그의 가난도 끔찍했지만 그의 고독은 얼마나 더 몸서리쳐지는지! 생각해 보라. 일요일이면 월 스트리트는 페트라[01]처럼 폐허가 되고 매일 밤 텅 비어버린다. 이 빌딩 역시 그렇다. 주중이면 부지런함과 생기로 활기가 넘치지만 밤에는 완전한 공허만이 울려 퍼지고, 일요일은 내내 버려진다. 그리고 바로 이곳에, 바틀비는 그의 집을 만들었다. 그는 북적이는 사람들이 있던 곳의 스산한 풍경을 보는 유일한 관객이었다. 카르타고의 폐허를 바라보는, 무고하고 변질된 마리우스[02]의 모습 같다고나 할까.

내 생애 처음으로 가슴을 찌르는 우울한 감정에 사로잡혔다. 이전에 나는 달콤한 슬픔 정도밖에 경험하지 못했다. 그런데 지금은 같은 인간이라는 유대감이 나를 저항할 수 없는 슬픔으로 이끌고 있다. 형제의 비애! 나와 바틀비 모두 아담의 아들이다. 나는 마치 브로드웨이의 미시시피강을 항해해 가는 백조처럼 축제 의상을 차려 입은 군중들의 화려한 비단 옷과 반짝이는 얼굴을 기억해 냈다. 그리고 그들을 창백한 필경사와 대조해 봤다. 아, 행복은 빛을 구하기에 우리는 세상을 즐거운 것으로 생각한다. 그러나 비참함은 먼 곳에 숨어있어서 우리는 세상에 비참함은 없다고 생각한다. 이런 슬픈 공상, 분명 병든 바보 같은 뇌에서 나온 이런 생각은 바틀비의 기행에 대한 다른 더 특별한 생각으로 이어졌다. 생각하지 못한 무언가를 더 발견하게 될 거라는 예감이 머릿속을 떠나지 않았다. 그 필경사의 창

---

01   요르단 남부에 위치했던 고대 도시. 로마제국에 의해
      정복되었다가 해상 교역로가 등장한 후 버려졌다.

02   Gaius Marius. 고대 로마의 장군이자, 정치가.
      존 밴덜린(John Vanderlyn, 1775-1852)이 마리우스를 그린
      〈Marius Amid the Ruins of Carthage〉(1807)라는 작품이 있다.

백한 모습은 마치 무관심한 이방인들 사이에 누워있는 수의에 싸인 형상처럼 보였다.

그때 갑자기 자물쇠에 열쇠가 꽂혀있는, 바틀비의 닫힌 책상이 눈에 들어왔다.

나는 나쁜 짓을 할 생각도 비정한 호기심을 채울 생각도 없다. 게다가 그 책상은 내 것이 아닌가. 물론 그 안에 있는 것도 내 것이다. 그래서 나는 당당하게 그 안을 봐도 된다고 생각했다. 모든 것들이 체계적으로 정리되어 있었고 문서들도 고르게 놓여있었다. 정리함은 깊었기 때문에 서류철을 꺼내고 깊숙한 곳까지 더듬어 보았다. 무언가가 느껴져, 그것을 끄집어냈다. 오래된 큰 손수건이었다. 그건 묵직한 무언가를 싸고 있었는데 풀어보니 저금통이었다.

그 순간 나는 그 남자에 대해 가지고 있었던 모든 은밀한 수수께끼들을 떠올렸다. 그는 묻는 말에 답할 뿐 절대 말을 하지 않았고, 자신을 위한 상당한 시간이 있었음에도, 결코 책을 읽는 모습은 본 적이 없다. 심지어 그는 신문도 읽지 않았다. 아주 긴 시간 동안 그는 칸막이 뒤의 어슴푸레한 창가에 서서 꽉 막힌 벽돌 벽을 보곤 했다. 나는 그가 식당이나 레스토랑은 단 한 번도 가본 적이 없다고 확신할 수 있다. 게다가 창백한 얼굴이 분명히 말해주듯 칠면조처럼 맥주를 마시거나, 혹은 다른 사람들처럼 차나 커피 같은 것도 마셔 본 적이 없을 것이다. 그는 결코 특정한 장소, 특히 내가 아는 장소를 가거나 산책을 가는 일이 없었다. 지금 산책을 하는 것이 아니라면 말이다. 그는 자신이 누구인지, 어디 출신인지 혹은 친척은 있는지에 대해 말하기를 거부해 왔다. 또한 그렇게 마르고 창백한데 그는 결코 어디가 아프다는 말을 한 적이 없다. 무엇보다도 그 창백한 무감각의 분위기, 창백한 오만이랄까 아니면 근엄한 자제력이랄까, 어쨌든 그런 그의 분위기는 나를 두렵게 했고, 나로 하여금 그의 기행에 대해 순응하도록 만들었다. 그래서 나는 아주 사소한 일조차 그에게 요구하기가 두려웠다. 그가 오랫동안 기척이 없는 것으로 보아, 칸막이 뒤에서 막힌 벽을 바라보며 공상에 빠진 걸 뻔히 알면서도 말이다.

이 모든 일들을 곰곰이 생각해 보고, 그 일들을 그의 병적인 침울함과 최근에 내가 발견한, 그가 나의 사무실을 집으로 삼았다는 사실을 함께 연결시켜 보았다. 그리고 이 모든 사실을 연결시켜 보면서 내가 좀 더 신중할 필요가 있겠다는 느낌이 들었다. 내 첫 번째 감정은 순수한 슬픔과 진심 어린 연민이었다. 그러나 바틀비의 그 쓸쓸함이 상상 속에서 점점 커지면서, 그것과 비례하여 슬픔은 두려움으로 연민은 혐오감으로 변질되었다. 어느 정도의 비참함은 우리가 그것에 대해 생각하거나 그것을 목격할 때, 우리의 연민을 더욱 자극하게 된다. 그러나 그 정도를 넘어서게 되면 되레 혐오감을 줄 수 있다는 것은 너무도 자명한, 그래서 끔찍한 진실이다. 그 이유를 인간의 타고난 이기심 때문이라고 주장하는 것은 오류다. 그것은 차라리 자연 발생하는 그 수많은 질병을 고칠 수 없다는 것에 대한 무기력함이다. 감수성이 풍부한 사람에게 연민은 이따금 고통일수 있다. 그리고 그러한 연민이 효과적으로 누군가를 구원할 수 없다는 걸 인식했을 때, 상식은 그 영혼에게 연민을 버리라고 명령한다. 그날 아침에 보았던 그 장면은 나로 하여금 그 필경사가 선천적으로 불치병 환자라는 것을 납득시켰다. 나는 그의 육체에 구호품을 전달할 수는 있었다. 하지만, 그를 고통스럽게 만드는 것은 사실 그의 육체가 아니라 영혼이었다. 내 손길은 그의 영혼에는 미치지 못했다.

그날 아침 나는 트리니티 교회에 가지 못했다. 그날 내가 본 것들로 인해 내가 교회에 갈 자격이 없는 사람처럼 느껴졌기 때문이다. 나는 바틀비를 어떻게 할지 고민하며 집 쪽으로 걸어갔다. 그리고 결심했다. 다음 날 아침 조용히 그의 과거 등에 관해 질문하고, 만일 그가 답하는 걸 거부하면 (그는 그러고 싶지 않다고 할 것이다) 그에게 줄 급료에다 이십 달러를 얹어주면서 더는 일할 필요가 없다고 말할 것이다. 그러나 만일 내가 그를 도울 다른 방법이 있다면 나는 기꺼이 그렇게 할 것이다. 특히 만일 그가 고향으로 돌아가기 원한다면 그곳이 어디든 나는 기꺼이 그 비용을 부담할 것이다. 고향에 돌아간 이후라도 그가 도움을 요청할 일이 생길 경우, 편지만 하면 반드시 답장을 할 것이다.

그리고 다음날 아침이 왔다.

"바틀비." 나는 칸막이 뒤에 있는 그를 부드럽게 불렀다.

대답이 없었다.

"바틀비." 여전히 부드러운 어조로 말했다. "이쪽으로 와보게. 자네가 그러고 싶지 않은 일을 시키려는 것이 아니네. 그저 자네에게 물어보고 싶은 것이 있어."

이 말을 듣고서 그는 소리 없이 모습을 드러냈다.

"바틀비, 자네가 어디 출신인지 말해줄 수 있겠나?"

"저는 그러고 싶지 않습니다."

"자네에 대해 **어떤 것**이라도 내게 말해줄 수 있겠나?"

"저는 그러고 싶지 않습니다."

"말하길 원치 않는 어떤 이유라도 있나? 나는 자네에게 호의를 가지고 있네."

그는 내가 말하는 동안 나를 보고 있지 않았다. 내가 앉아 있는 곳 바로 뒤, 내 머리에서 육 인치 정도 위에 있는 키케로 흉상에 시선을 고정하고 있었다.

"대답을 해보게, 바틀비." 그의 대답을 한참 기다리다 말했다. 그의 얼굴은 여전히 움직이지 않았지만, 창백하고 얇은 입술은 희미하게 떨리고 있었다.

"지금 저는 대답하고 싶지 않습니다."라고 말하고 그는 자신의 은신처로 돌아갔다.

내가 다소 약했음을 인정하지만, 이번 그의 태도는

나를 아주 화나게 했다. 그 태도엔 나에 대한 무시가 숨겨져 있는 것처럼 보였고, 그의 삐뚤어진 고집은 그가 나에게 받았던 호의와 특혜를 생각하면 배은망덕한 것이었다.

다시 한 번 자리에 앉아 내가 무엇을 해야 하는지 곰곰이 생각해 봤다. 사실 그의 태도에 굴욕감을 느끼고 자리로 왔을 땐 그를 해고할 생각이었다. 그런데 정체를 알 수 없는 무언가가 나의 심장을 두드리며, 내 결심을 중단시키는 것 같았다. 그리고 만일 세상에서 가장 고독한 이 사람에게 모진 말을 한마디라도 한다면 나는 천하의 악당으로 비난받을 것 같았다. 결국 나는 의자를 칸막이 뒤로 끌고 가, 그곳에 앉아 말했다. "바틀비, 자네 과거 이야기는 하지 않아도 좋네. 그러나 친구로서 부탁하는데 사무실의 관례는 따라주지 않겠나. 자, 말해주게나. 내일이나 모레부터 자네도 서류를 검토하는 걸 돕겠다고 말일세. 요컨대 하루 이틀 후부터 자네도 좀 더 합리적인 사람이 되겠다고 말일세. 바틀비, 그런다고 말해주게."

"지금 저는 좀 더 합리적인 사람이 되고 싶지 않습니다." 그의 힘없는 유령 같은 대답이 들려왔다.

바로 그때 접문이 열리며 펜치가 다가왔다. 그는 평소보다 심한 소화불량으로 밤새 고생한 것처럼 보였다. 그는 바틀비의 마지막 말을 엿들은 것 같았다.

"**그러고 싶지 않다고?**" 펜치가 이를 악물고 말했다. "만일 제가 변호사님이라면 저는 이 녀석이 그러고 **싶도록** 만들겠습니다. 그러고 **싶도록** 말이죠. 저는 이 고집

센 노새에게 우선권을 주겠습니다. 도대체 뭡니까? 그가 지금 그러고 **싫지** 않다는 것이?"라고 나에게 말했다.

바틀비는 눈썹도 까딱하지 않았다.

"펜치 씨." 나는 말했다. "나는 자네가 지금 좀 나가줬으면 싶네."

어찌된 일인지 최근 나는 무의식적으로 이 단어 '싫네'를 적절하지 않은 곳까지 쓰는 버릇이 생겼다. 이 필경사와의 접촉이 이미 심각하게 내 정신까지 영향을 미치고 있다고 생각하니 몸서리쳐졌다. 점점 더 심각한 상태가 나타나지 않으리라고 어떻게 장담할 수 있겠는가? 이런 생각은 나로 하여금 과감한 조치를 취하도록 했다.

기분이 몹시 상한 부루퉁한 얼굴로 펜치가 나가고, 칠면조가 차분하고 공손한 태도로 다가왔다.

"변호사님" 그가 말했다. "어제 제가 여기 있는 바틀비에 대해서 생각해 봤습니다. 그리고 만일 그가 좋은 맥주를 매일 일 쿼터씩 마시고 싶어진다면, 결점도 고쳐지고 서류 작업 검토도 돕게 할 수 있다는 생각이 들었습니다."

"자네도 역시 그 단어를 사용하는군." 나는 약간 흥분해서 말했다.

"변호사님, 무슨 단어 말입니까?" 칸막이 뒤의 좁은 공간으로 조심스럽게 비집고 들어오면서 칠면조가 물었다. 그 때문에 나는 바틀비를 떠미는 꼴이 되었다. "무슨 단어 말입니까?"

"저는 여기에 혼자 있고 싶습니다." 바틀비가 마치

그의 공간으로 사람들이 몰려드는 것이 불쾌한 듯 말했다.

"바로 **저** 단어 말일세, 칠면조." 나는 말했다. "바로 저 단어."

"아, **그러고 싶다**요? 요상한 단어죠. 저는 한 번도 사용해 본 적이 없습니다. 단지 제 말은 만일 그가 그러고 싶다면."

"칠면조." 나는 그의 말을 잘랐다. "자네도 나가 줬으면 좋겠네."

"물론이죠, 변호사님. 제가 그러는 것이 좋겠다 싶으시면 말이죠."

그가 나가기 위해 접문을 열었을 때, 책상에 앉아 있던 펜치가 나를 힐끗 보고는 서류를 푸른 종이와 흰 종이 중 어디에 필사하고 싶은지를 물어봤다. 그는 그 단어 '싶다'를 장난기가 섞인 어조로 발음하지 않았다. 그건 그 단어가 무의식적으로 흘러나왔다는 의미였다. 나는 다시금 생각했다. 저 미친 녀석을 제거해야겠다고. 아직 나와 직원들의 머리까지는 아니지만, 이미 어느 정도 우리의 말투를 바꿔버린 저 녀석을 말이다. 그러나 즉시 해고하는 건 현명하지 않다고 생각했다.

다음 날, 나는 바틀비가 아무 일도 하지 않고, 창밖의 막힌 벽을 응시하며 공상에 빠져있는 것을 보았다. 내가 그에게 왜 필경을 하지 않느냐고 묻자, 그는 더 이상 필경을 하지 않기로 했다고 대답했다.

"뭐라고?" 내가 외쳤다. "더 이상 필경하지 않겠다고?"

"더 이상 하지 않겠습니다."

"왜? 무슨 이유로?"

"그 이유를 모르시겠습니까?" 그는 냉담하게 대답했다.

나는 그를 뚫어지게 바라보았다. 그리고 그의 눈이 흐릿하고 멍해 보인다는 것을 알아차렸다. 바로 그때, 그가 지난 몇 주간 흐릿한 창 옆에서 예를 찾아볼 수 없을 만큼 열심히 일했던 것이 떠올랐다. 그리고 그것이 그의 눈을 일시적으로 손상시켰을 수 있겠다는 생각이 들었다.

나는 감동받았고, 그에게 위로의 말도 건넸다. 동시에 잠시 동안 필경을 하지 않기로 한 건 현명한 결정이었다는 암시도 보냈다. 그리고 이 기회에 야외에 나가서 운동도 하라고 권했다. 그러나 그는 그러지 않았다. 며칠이 지난 어느 날, 다른 직원들이 모두 외출한 상태에서 급하게 보내야 할 편지가 생겼다. 나는 할 일이 전혀 없는 바틀비가 평소보단 유연해져서 편지를 가지고 우체국에 갈 거라고 생각했다. 그러나 그는 딱 잘라서 거절했다. 어쩔 수 없이 무척 불편했지만 내가 직접 우체국에 갔다.

그리고 다시 며칠이 흘러갔다. 바틀비의 눈이 좋아졌는지 아닌지는 알 수 없었다. 겉으로 보기엔 좋아진 거 같다고 생각했다. 그러나 내가 눈이 좋아졌냐고 아무리 물어봐도 대답이 없었다. 아무튼 그는 필경을 하지 않았다. 마침내 나의 거듭된 질문에 그는 필경을 영원히 그만두겠다고 통지했다.

"뭐라고!" 나는 소리쳤다. "자네의 눈이 완전히

좋아져도, 이전보다 더 좋아져도, 그래도 필경을 하지 않겠다고?"

"저는 필경을 그만두었습니다." 그렇게 대답하고 슬그머니 사라졌다.

그는 이전처럼 내 사무실에 붙박이로 남아있었다. 아니, 만일 그런 일이 가능하다면 그는 이전보다 훨씬 더 붙박이가 되었다. 그를 어떻게 해야 할까? 그는 사무실에서 아무런 일도 하지 않는다. 그렇다면 그는 왜 거기에 있는 것일까? 명백한 사실은 그는 나에게 목에 걸린 맷돌처럼, 피할 수 없는 책임이 되어버렸다는 것이다. 목걸이로는 쓸모없을 뿐만 아니라 차고 다니기엔 고통스러운, 그런 맷돌 말이다. 그러나 나는 그가 불쌍했다. 나를 불편하게 만든다는 말은 내 진실에 미치지 못하는 표현이다. 만일 그가 단 한 명의 친구 혹은 친척의 이름을 알려줬다면, 나는 즉시 편지를 써서 이 불쌍한 친구를 어디 편안한 곳으로 데려가 달라고 사정했을 것이다. 그러나 그는 이 우주에 다른 누구도 없는 외톨이인 것 같았다. 대서양 한가운데 떠 있는 난파선 한 조각처럼 말이다. 그러나 내 사업의 필요사항이 다른 고려사항을 압도했다. 나는 바틀비에게 엿새 안에 무조건 사무실을 떠나 달라고, 최대한 정중하게 말했다. 그리고 그 기간 내에 머무를 집도 구하라고 강력하게 이야기했다. 만일 그가 스스로 나가려고만 하면 나도 그를 도와주겠다고 제의했다. "그리고 자네가 완전히 여기를 그만둘 때" 나는 덧붙였다. "빈손으로 떠나지 않도록 해주겠네. 이 시간 이후 엿새네. 기억하게."

그 기간이 만료되고, 나는 칸막이 뒤를 살짝 들여다보았다. 아! 바틀비는 거기에 있었다.

나는 코트에 단추를 채우며 마음을 진정시켰다. 그를 향해 천천히 다가가서 그의 어깨에 손을 얹으며 말했다. "시간이 다 되었네. 유감이지만, 자네는 이 장소를 떠나야만 하네. 여기 돈이 있네. 자네는 이제 가야만 하네."

"저는 그러고 싶지 않습니다." 그는 등을 돌린 채 대답했다.

"자네는 **그래야 해**."

그는 입을 다물고 있었다.

그 당시, 나는 이 남자의 정직성에 대해 무한한 신뢰를 가지고 있었다. 나는 사소한 일에는 신중하지 못한 경향이 있어서 육 펜스나 일 실링짜리 동전을 자주 떨어뜨리고 다녔다. 그럴 때마다 그는 그것을 주워서 내게 돌려주곤 했다. 그러므로 다음의 행위가 그렇게 대단한 것이라고 여겨지지는 않을 것이다.

"바틀비." 나는 말했다. "여기 삼십이 달러가 있네. 급료 십이 달러 외에 이십 달러도 자네 것일세. 받아주게나." 나는 그에게 지폐를 건넸다.

그러나 그는 아무런 움직임도 없었다.

"돈은 여기 두겠네." 돈을 책상에 놓고 그 위에 문진을 두었다. 그리고 나서 나의 모자와 지팡이를 가지고 문으로 향하다 조용히 돌아서서 말했다. "자네 물건을 다 치우고 나면 자네는 물론 문을 잠그겠지. 모두가 다 퇴근했고 자네만 남았으니 말일세. 부탁인데 아침에 내가 찾을 수 있게 자네 열쇠는 매트 아래에 넣어주게. 다시는 자네를 볼 수 없겠지. 잘 가게. 만일 새로운 일에서 내 도움이 필요하면, 내게 편지로 알려주게. 안녕, 바틀비. 잘 지내게."

그러나 그는 한 마디도 대답하지 않았다. 폐허가 된 사원에 남은 마지막 기둥처럼, 그는 텅 빈 사무실 가운데에 말없이 고독하게 서있었다.

수심에 잠겨 집으로 향하면서 나의 자만심이 나의 연민을 넘어섰다. 나는 바틀비를 몰아낸 능수능란한 나의 능력이 너무나 자랑스러웠다. 나는 그것을 능수능란하다고 말했는데, 감정에 치우치지 않는 사람이라면 그렇게 생각할 것임에 틀림없다. 내 절차의 아름다움은 그 완벽한 차분함에 있었다. 저속한 협박도 어떤 종류의 허세도 격앙된 위협도 없었다. 그리고 지저분한 짐 보따리를 당장 치우라고 바틀비에게 격렬하게 쏘아붙이며 사무실을 왔다 갔다 하는 일도 없었다. 그런 종류의 어떤 일도 없었다. 하수들이 그러는 것처럼 바틀비에게 나가라고 고함치지도 않았다. 다만 그가 떠나야 하는 근거를 가정하고, 그 가정을 통해 내가 해야 할 말들을 준비했다. 내가 만든 그 절차는 생각할수록 매혹적이었다. 그럼에도 불구하고, 다음날 아침 잠에서 깨자마자 나는 의심이 들기 시작했다. 왠지 자만심의 취기에서 깨어난 것 같았다. 인간이 가장 냉정하고 현명해지는 시간 중 하나는 아침에 잠에서 깬 직후이다. 나의 절차는 그때까지 현명한 것처럼 보였다. 그런데 단지 이론상만 그런 건 아닐까. 그것이 어떻게 실제로 입증될 수 있을까. 그것이 문제였다. 바틀비가 떠나도록 만들었던 그 가정은 매우 훌륭한 생각이었다. 그러나 결국 그 가정은 그저 나의 가정이고 바틀비의 가정은 아니다. 중요한 건 그가 떠날 것을 내가 가정했느냐 안 했느냐가 아니라, 그가 그러고 싶은가였다. 그는 내가 가정한 대로 움직이는 인간이라기보다는 자신의 선택에 따라 움직이는 인간이었다.

아침 식사 후, 나는 내 가정이 **성공**할지 **실패**할지에 대해 생각하면서 다운타운을 향해 걸어갔다. 한 순간 나는 내 가정이 비참하게 실패할 것이고, 바틀비는 평소처럼 내 사무실에 있을 거라는 생각이 들었다. 그리고 다음 순간엔 그의 의자가 비어있을 거라는 확신이 들었다. 이런 식으로 나는 계속 갈팡질팡했다. 브로드웨이와 커낼 스트리트가 교차하는 모퉁이에서 흥분한 한 무리의 사람들이 열띤 대회를 하고 있는 것이 보였다.

"난 그가 안 될 거라는 쪽에 걸 거야."라고 길을 지날 때 누군가가 말했다.

"안 간다고? 좋아." 나는 말했다. "그럼 돈을 걸어."

본능적으로 판돈을 찾기 위해 내 주머니에 손을 넣는 순간, 오늘이 선거일이라는 것을 깨달았다. 내가 들은 말은 바틀비와는 아무 상관없는, 어떤 시장 후보자의 성공과 실패에 관한 이야기였다. 내 생각에 빠져 흥분한 채로, 모든 브로드웨이가 나와 함께 같은 문제를 공유하고 토론하고 있다고 상상해 버렸던 것이다. 거리의 소동이 나의 순간적인 착각을 가려줬다는 것을 고마워하며 발걸음을 옮겼다.

의도했던 대로, 나는 사무실에 평소보다 일찍 도착했다. 잠시 동안 가만히 서서 귀를 기울였다. 모든 것이 고요했다. 그는 떠났음에 틀림없다. 손잡이를 돌려봤지만 문은 잠겨있었다. 그렇다, 내 절차가 멋지게 성공한 것이다. 그가 진짜로 사라진 것이 틀림없다. 그러나 어떤 우울한 기분이 스며들었다. 나는 나의 빛나는 성공이 유감스러울 지경이었다. 나는 바틀비가 날 위해 남겨놓았을 열쇠를 찾기 위해 매트 아래를 더듬거렸다. 그때 한쪽 무릎이 문에 부딪히면서 노크 소리를 냈다. 그리고 안에서 대답하는 목소리가 들렸다. "아직이요. 지금 바쁩니다."

그것은 바틀비였다.

나는 벼락을 맞은 것 같았다. 오래 전 버지니아에서, 구름 없이 맑은 어느 여름날, 천둥을 맞고 파이프를 문 채 죽은 사람처럼 한동안 가만히 서있었다. 그 사람은 활짝 열린 따뜻한 창가에서 죽었는데, 그 꿈같은 오후에 상체를 내민 채 있었다고 한다. 누군가가 그를 건드려서 쓰러질 때까지 말이다.

"안 갔어!" 나는 한참 만에 중얼거렸다. 그 불가해한 필경사가 나에게 행사하는, 결코 도망칠 수 없는 경이로운 권위에 복종하면서 나는 천천히 계단을 내려와 거리로 나갔다. 주위를 걸어 다니면서, 도대체 이 전대미문의 당혹스러운 사건에 대해 난 이제 어떤 행동을 취해야 하는지에 대해 생각했다. 완력으로 그를 끌어내는 건 불가능하다. 험한 말로 그를 쫓아낼 수도 없다. 경찰을 부르는 건 유쾌한 일이 아니다. 그렇다고 유령 같은 그가 나를 이기는 기쁨을 맛보게 하는 건 생각하고 싶지도 않다. 무엇을 할 수 있지? 혹은 만일 할 수 있는 게 없다면 내가 이 문제에 대해 할 수 있는 **가정**이 있을까? 그래, 있다. 전에 내가 바틀비가 떠날 거라고 가정했듯이, 지금은 그가 이미 떠났다고 가정하면 될 것이다. 이 가정을 적절하게 실행하기 위해 나는 서둘러 사무실로 들어가서, 바틀비를 전혀 못 본 척하고, 마치 그가 공기인 것처럼 그를 향해 걸어가면 된다. 이런 방법이 그의 급소를 찌를 수도 있다. 그러한 가정 이론을 적용하는 것은 바틀비도 견디기 힘들 것이다. 그러나 다시 생각해 보니, 그 계획의 성공도 불확실해 보였다. 나는 다시 그와 이 문제에 대해 논의하기로 결심했다.

"바틀비." 나는 사무실로 들어가면서 아주 진지한 표정으로 말했다. "나는 상당히 불쾌하네. 나는 화가 나, 바틀비. 나는 자네를 높게 평가했는데 말일세. 나는 자네가 신사라고 믿었기에, 드러나지 않는 곤경에 빠져있어도 약간의 힌트만 주면 충분하다고 생각했네. 즉 그렇다고 가정했지. 그러나 내가 잘못 생각했군." 어제 돈을 놓아둔 그 자리를 가리키면서 "왜 자네는 아직 그 돈에

손대지 않았나?" 나는 자연스럽게 덧붙였다.

그는 대답이 없었다.

"자네 그만둘 건가? 그만두지 않을 건가?" 나는 그에게 다가가면서 분노에 휩싸여 따져 물었다.

"저는 그만두고 싶지 **않습니다**." 그는 넌지시 **않습니다**를 강조하면서 대답했다.

"도대체 무슨 권리로 여기에 남아있겠다고 하는 건가? 자네가 임대료라도 내는가? 자네가 내 세금이라도 내는가? 아니면 이 사무실이 자네 것이야?"

그는 대답이 없었다.

"다시 필경이라도 할 준비가 되었단 말인가? 눈이 다 회복되었나? 오늘 아침에 날 위해 짧은 서류를 필경할 수 있겠는가? 아니면 몇 구절 검토하는 걸 도와줄 텐가? 그것도 아니면 우체국에 다녀올 텐가? 사무실을 떠나지 않겠다면 그에 상응하는 이유가 있어야 하지 않겠는가?"

그는 조용히 자신의 은신처로 물러났다.

나는 너무 화가 나서 신경이 곤두선 상태라 더 이상의 감정표현은 좋지 않겠다는 생각이 들었다. 사무실에는 바틀비와 나 둘밖에 없었다. 나는 불행한 애덤스와 훨씬 더 불행했던 콜트의 비극적 사건[03]이 떠올랐다. 그 사건은 그 둘이 콜트의 사무실에 있을 때 일어났다. 불쌍한 콜트는 애덤스의 도발에 극도로 분노해서 의도하지 않은 치명적인 행동을 저지르고 말았다. 그 누구보다

본인 스스로 가장 개탄스러웠을 그 행동을 말이다. 그 사건에 대해 곰곰이 생각해 보면서, 만일 그 언쟁이 길거리나 누군가의 집에서 발생했다면 그렇게 비극적으로 종결되지는 않았을 거라는 생각이 들었다. 인간미 넘치는 가정의 온기는 전혀 느껴지지 않는 후미진 건물의 2층, 당연히 카펫도 깔리지 않은 먼지 낀 초췌한 외양의 사무실에서 둘만 대치한 상황. 그런 상황은 불운한 콜트의 분노를 고조하는 데 큰 역할을 했음에 틀림없다.

그러나 아담과 같은 분노가 내 안에 가득 차 바틀비에 관해서 나를 유혹했을 때, 나는 그 놈을 잡아 내동댕이쳐 버렸다. 어떻게 그럴 수 있었냐고? 그건 간단했다. 신의 명령을 떠올렸을 뿐이다. "너희에게 새 생명을 주나니, 서로 사랑하여라."⁰⁴ 그렇다, 이 말씀이 나를 구원했다. 더 심오한 생각은 제쳐두고, 자비야말로 가장 현명하고 신중한 원리로서 작동한다. 그리고 그걸 가진 사람에게는 안전장치가 되어준다. 인간은 질투, 분노, 미움, 이기심 그리고 정신적 교만 때문에 살인을 한다. 그러나 내가 들어본 바로는 그 어떤 인간도 달콤한 자비 때문에 끔

---

03   1841년 모피 상인이며 장부 담당 법률 사무원이던 콜트가
　　　　 인쇄업자 애덤스를 살해한 실제 사건.
　　　　 당시 콜트가 법정에서 정당방위임을 주장하며 보인
　　　　 오만한 태도와 처형 당일 자살한 일로 떠들썩했다.

04   요한복음 13장 34절

찍한 살인을 저지르진 않는다. 그러므로 달리 고상한 동기가 아니더라도 단순히 자기이익을 위해서라도, 모든 존재는 특히 화를 잘 내는 사람은 자비와 박애를 행하도록 유도해야 한다. 어쨌든 이 경우 나는 필경사의 행위를 자비롭게 이해함으로써 그를 향해 끓어오르는 화를 가라앉히려고 노력하고 있었다. 불쌍한 녀석! 불쌍한 녀석! 나는 생각했다. 나쁜 의도가 있었던 것은 아니야. 게다가 그는 힘든 시간을 보냈잖아. 하고 싶은 대로 하게 해주자.

나는 즉시 일에 몰두함과 동시에 나의 허탈함을 달래려 노력했다. 혹시나 아침 중에 바틀비가 자진해서 그의 은신처에서 나와 문을 향해 단호하게 걸어 나가지는 않을까 하는 상상을 해보기도 했다. 그러나 그런 일은 일어나지 않았다. 열두 시 삼십 분이 되자 칠면조는 얼굴이 달아오르기 시작하면서, 잉크병을 쏟고 늘 그렇듯이 소란스러워졌다. 반면, 펜치는 분위기가 가라앉으면서, 조용하고 예의 발라졌다. 생강 쿠키는 점심용 사과를 우적우적 씹고 있었다. 그리고 바틀비는 창문 옆에 서서 막힌 벽을 바라보며 공상에 잠겨있었다. 이런 일이 인정받을 수 있을까? 아니면 내가 그냥 받아들여야만 할까? 그날 오후, 나는 그에게 더 이상 한마디 말도 하지 않은 채 사무실을 나왔다.

그리고 며칠이 지났다. 시간이 있을 때, 나는 에드워즈의 『자유의지론』과 프리스틀리의 『필연의 법칙』을 읽었다. 이런 상황에서 이 책들은 내게 감정적으로 많

바틀비, 월 스트리트의 한 필경사 이야기

은 도움이 되었다. 나는 점점 그 필경사와의 문제가 모두 태초부터 미리 정해진 것이고, 바틀비는 나 같은 평범한 인간은 결코 헤아릴 수 없는 신의 섭리에 따라 신비로운 목적으로 나에게 배정된 것이라는 믿음에 빠져들었다. 그래, 바틀비. 그냥 그 칸막이 뒤에 머물러라. 나는 더 이상 너를 괴롭히지 않겠다. 너는 저 오래된 의자처럼 해를 가하지도 시끄럽지도 않지. 한마디로 나는 네가 여기 있다는 것을 알았을 때만큼 혼자라는 걸 느껴본 적이 없다. 마침내 나는 알았고 깨닫게 되었다. 내 인생의 정해진 목적을 이해했으니 나는 만족한다. 다른 사람들은 더 고결한 역할을 부여받았을지도 모르지만, 이 세상에서 나의 임무는 바틀비에게 그가 머물기 원하는 그 일정 기간 동안 사무실을 제공하는 것이다.

이런 현명하고 축복받은 생각은 사무실에 방문한 변호사 친구들의 주제 넘는 무자비한 말만 아니었다면 아마 영원히 지속될 수 있었을 것이라고 생각한다. 그러나 옹졸한 사람들의 지속적인 자극은 관대한 사람의 최선의 결심마저도 마침내는 흔들리게 만든다. 그런데 다시 생각해 보면, 사무실에 찾아온 사람들이 바틀비의 특이한 면을 보고 그에 대한 험담을 늘어놓고 싶은 건 너무 당연한 일인 듯하다. 나와 거래를 하는 한 변호사는 종종 사무실에 들러, 사무실에 있는 유일한 필경사인 바틀비에게 나의 행방에 대해 묻곤 했다. 그러나 바틀비는 그의 말은 듣지 않은 채, 방 가운데에서 움직이지 않고 서있곤 했다. 그 변호사는 그렇게 서있는 그를 한참 바라보다 아무것도 알아내지 못한 채 돌아가곤 했다.

또 이런 일도 있었다. 중재회의가 열리고 있었을 때, 방은 변호사와 증인들로 붐비고, 일은 빠르게 진행되고 있었다. 일에 몰두하고 있던 한 법조인이 아무런 일도 하지 않는 바틀비를 보고 그에게 자기 사무실로 가서 서류를 가져다 달라고 했다. 그러자 바틀비는 조용히 거절하고 이전처럼 빈둥거렸다. 그 변호사는 그를 뚫어지게 바라보다 내 쪽으로 시선을 돌렸다. 내가 무슨 말을 할 수 있었겠는가? 마침내 나는 법조계 지인들 사이에서, 내 사무실에 있는 이상한 사람에 대한 뒷담화가 퍼져나가고 있다는 것을 알게 되었다. 걱정이 되었다. 그리고 그가 오래 살 수도 있겠다는 생각이 들었다. 그는 사무실을 차지하고, 내 권위를 무시하며, 나의 방문객들을 당혹스럽게 만들고, 내 직업적 평판에 해를 가하고, 사무실에 우울함을 드리우며, 그가 가진 마지막 돈을 쓸 때까지 정신과 육체를 유지하고 (의심할 여지없이 그는 하루에 오 센트밖에 쓰지 않으므로) 결국은 나보다 오래 살 것이다. 그리고 그의 종신 점유를 근거로 내 사무실의 소유권을 주장할 것이다. 이런 음울한 상상이 점점 더 많이 떠올랐고, 내 친구들은 계속해서 내 사무실의 유령에 대해 떠들었다. 결국 내 마음에도 큰 변화가 생겼다. 나는 나의 능력을 모두 모아 이 참을 수 없는 악령을 제거하기로 결심했다.

그러나 이 목적에 맞는 어떤 복잡한 계획을 세우기

전에, 먼저 그에게 영원히 떠나 달라고 직설적으로 제안했다. 나는 아주 침착하고 심각한 어조로 그에게 신중하고 분별 있게 생각해 보라고 권했다. 그러나 사흘의 숙고 기간 후, 그는 자신의 원래 결정을 유지하겠다고 통보해 왔다. 한마디로, 그는 여전히 나와 함께 머무르고 싶다는 것이었다.

내가 어떻게 해야 할까? 코트의 마지막 단추를 잠그면서 스스로에게 물었다. 내가 어떻게 해야 할까? 내가 무엇을 해야 할까? 양심은 내가 이 사람, 아니 이 유령에게 어떻게 **하라고** 이야기할까? 나는 그를 나가게 해야 한다. 그는 나가야 한다. 그런데 어떻게? 그 불쌍하고, 창백하고, 수동적인 인간을 쫓아낼 수는 없지 않은가? 그런 무력한 인간을 문밖으로 쫓아낼 수는 없지 않은가? 그런 잔인한 짓으로 명예를 손상시킬 수는 없지 않은가? 그래, 그럴 수는 없다. 차라리 여기서 살다가 죽도록 내버려 두고, 그의 유해를 벽에다 묻어버리는 것이 낫다. 그러면 어떻게 할 것인가? 어떤 방법으로 구슬려도 그는 꼼짝하지 않을 것이다. 뇌물도 책상 위, 문진 아래에 그대로 내버려 두지 않았던가. 한마디로, 그는 내 옆에 머무르고 싶어 하는 것이 분명하다.

그렇다면 극단적이고 색다른 조치를 취해야만 한다. 뭐라고! 그렇다고 경찰관이 그를 체포하게 해서 창백하고 무고한 그를 감옥으로 보낼 수는 없지 않은가? 그리고 도대체 무슨 근거로 그럴 수 있겠는가? 부랑자로? 뭐라고! 그가 부랑자, 떠돌이라고? 꼼짝도 하지 않는데? 그가 부랑자가 되지 **않으려** 하니 부랑자로 만들어 버리는구나. 그건 너무 터무니없다. 뚜렷한 생계수단이 없는 그. 그것도 아니다. 의심할 여지없이 그는 생계를 **유지하고** 있으며, 그건 그가 생계수단을 가지고 있다는 반박할 수 없는 증거이다. 그렇다면 다른 방법이 없다. 그가 나를 떠나려 하지 않으니 내가 그를 떠나는 수밖에. 내 사무실을 옮겨야겠다. 그리고 만일 그 새로운 사무실에서도 그를 보게 된다면 나는 그를 무단침입으로 고발할 것이라고 정식으로 통고할 것이다.

나는 이를 실행에 옮기기 위해 다음날 그에게 통보했다. "사무실이 시청에서도 너무 멀고, 공기도 안 좋네. 그래서 다음 주에 사무실을 옮길 계획이네. 더 이상 자네는 여기에서 일할 필요가 없어. 다른 데를 알아보는 게 좋을 것 같아서 말해주는 걸세."

그는 대답이 없었고, 나도 더 이상 말하지 않았다.

약속된 날, 나는 마차와 인부를 구해 사무실로 갔다. 가구가 별로 없었기에 몇 시간 만에 짐을 모두 실었다. 정리하는 내내, 그 필경사는 칸막이 뒤에 서있었다. 그래서 칸막이는 가장 나중에 옮겨달라고 했다. 칸막이가 거대한 이절지처럼 접혀서 치워졌고 그는 텅 빈 방에 움직이지 않는 거주자로 남겨졌다. 나는 입구에 서서 잠시 그를 바라보았다. 그때 내 안에서 무언가 나를 질책하고 있었다.

주머니에 손을 넣은 채 조마조마한 마음으로 나는

다시 돌아왔다.

"잘 있게, 바틀비. 이제 가네. 항상 신의 가호가 있기를 바라네. 그리고 이거 받게." 그의 손에 얼마간의 돈을 쥐여줬다. 그러나 그것은 바닥으로 떨어졌다. 이상한 말이지만 나는 그토록 벗어나고 싶었던 그에게서 나 자신을 찢어냈다.

새로운 사무실에 자리를 잡고 하루 이틀 동안은 문을 걸어 잠갔다. 그리고 복도에 발소리가 날 때마다 깜짝깜짝 놀라곤 했다. 잠시 외출했다 사무실로 돌아올 때면, 나는 잠시 문 앞에 멈추고 열쇠를 꽂기 전에 주의 깊게 귀를 기울였다. 그러나 이런 두려움은 불필요했다. 바틀비는 결코 내 근처에 얼씬도 하지 않았다.

모든 일이 순조롭다고 생각하고 있던 그때, 혼란스러워 보이는 한 사람이 나를 방문했다. 그는 내가 최근에 월 스트리트 ○○번지에 사무실을 가지고 있었던 사람인지 물었다.

불길한 예감을 느끼며 그렇다고 대답했다.

"그렇다면, 변호사님." 자신도 변호사라는 그 사람이 말했다. "당신은 당신이 그곳에 남겨둔 그 남자에 대한 책임이 있습니다. 그는 필경하는 것을 거부하고 다른 어떤 일을 하는 것도 거부합니다. 그는 그러고 싶지 않다고만 말합니다. 그리고 사무실을 나가는 것도 거부합니다."

"유감입니다, 변호사님." 나는 무척 떨렸지만 태연한 척 말했다. "그러나 당신이 말하는 그 사람은 저하고는 아무런 관련이 없습니다. 당신이 제가 책임져야 한다고 말하는 그는 제 친척도 수습직원도 아닙니다."

"그럼 도대체 그 사람은 누구입니까?"

"알려드릴 정보가 없습니다. 저는 그에 대해 전혀 알지 못합니다. 이전에 제가 그를 필경사로 고용했었지만 그는 오래전부터 저를 위해 일하지 않았습니다."

"그렇다면 그는 제가 처리해야겠군요. 실례했습니다, 변호사님."

며칠이 지나고 나는 더 이상 어떤 소식도 듣지 못했다. 비록 가끔 그 장소로 불쌍한 바틀비를 만나러 갈까 하는 자비로운 충동이 일었지만 어떤 신중함이 나를 머뭇거리게 만들었다.

그 다음 주에도 더 이상 아무런 소식이 없어 이제는 정말 그와의 관계가 끝이라는 생각이 들었다. 그런데 그 다음날 사무실에 도착하니 매우 흥분한 몇 사람이 나를 기다리고 있었다.

"바로 저 사람이야. 이제야 그가 오는군." 맨 앞에 있는 사람이 소리쳤다. 그 사람은 이전에 혼자 나를 찾아왔던 바로 그 변호사였다.

"당장 그를 데려가셔야 합니다." 그들 사이에 있던 뚱뚱한 사람이 나에게 다가오면서 외쳤다. 그는 월 스트리트 ○○번지의 건물 주인이었다. "이 신사분들은 제 세입자들이신데, 더 이상 참을 수 없다고 하십니다.

여기 B변호사님께서" 그 변호사를 가리키면서 말했다. "그를 사무실 밖으로 쫓아냈더니 빌딩 여기저기를 어슬 렁거리고 있다고 합니다. 낮에는 계단 난간에 앉아있고, 밤에는 현관에서 잠을 잔답니다. 모든 사람들이 불안에 떨고 있어요. 고객들은 사무실을 떠나고, 폭동이 일어날 까 두렵습니다. 당신이 무슨 조치를 취해주셔야겠습니 다. 지금 당장이요."

나는 빗발치는 비난에 겁에 질려 뒷걸음쳤다. 사 무실로 들어가 문을 잠그고 싶었다. 나는 바틀비가 나와 아무 관련이 없다고, 그가 다른 어떤 사람과도 상관없 는 것처럼 나도 그렇다고 항변했지만, 아무런 소용이 없 었다. 나는 그와 무언가를 한 마지막 사람이었고 그들은 나에게 그 끔찍한 책임을 돌렸다. 신문에 실릴 것이 두 려워서 (그들 중 한 사람이 은근이 협박했듯이) 나는 그 문제에 대해 곰곰이 생각하고 한참 있다가 말했다. 만일 그 변호사가 나를 그 필경사와 단둘이 그의 사무실에서 만나게 해준다면, 그날 오후라도 그 골칫거리를 쫓아내 도록 최선을 다하겠다고 말이다.

예전 사무실 계단을 올라가니 바틀비가 층계참의 난간에 조용하게 앉아있었다.

"여기서 뭐하나? 바틀비." 나는 말했다.

"난간에 앉아있습니다." 그는 부드럽게 대답했다.

나는 그를 그 변호사의 사무실로 데리고 들어갔다. 그러자 변호사가 우리 둘만 남기고 밖으로 나갔다.

"바틀비." 나는 말했다. "자네가 내게 아주 큰 고통을 준 걸 알고 있나? 사무실에서 해고된 후에 계속 현관을 차지하고 있으니 말일세."

대답이 없었다.

"이제 둘 중 하나를 선택해야 하네. 자네가 무슨 일을 하지 않으면 자네에게 어떤 조치가 취해질 것이네. 자네가 지금 하고 싶은 일이 뭔가? 취직해서 다시 필경일을 하고 싶은가?"

"아니요, 저는 어떤 변화도 만들고 싶지 않습니다."

"포목점 점원은 어떤가?"

"그건 너무 갇혀 있습니다. 싫습니다. 저는 점원은 좋아하지 않습니다. 그러나 저는 까다롭지는 않습니다."

"너무 많이 갇혀 있다니." 나는 소리쳤다. "자네는 항상 스스로를 가두잖나!"

"저는 점원이 되고 싶지 않습니다." 마치 그런 작은 문제는 즉시 해결해 버리고 싶다는 듯이 대답했다.

"바텐더 일은 자네에게 맞지 않겠나? 시력을 그렇게 쓰는 일이 아니니."

"저는 그것을 전혀 좋아하지 않습니다. 아까도 말씀드렸다시피 저는 까다롭지는 않습니다."

그가 평소와 달리 말이 많다는 것이 내게 힘을 주었다. 나는 다시 그 문제로 돌아갔다.

"그럼 전국을 돌아다니면서 상인들을 위해 수금을 하는 건 어떤가? 그건 자네 건강에도 좋을 것 같은데."

"아니요, 저는 다른 일을 해보고 싶습니다."

"그러면 여행 동반자로 젊은 신사의 말벗을 하며 유럽을 가보는 건 어떤가? 그건 자네에게 맞겠지?"

"전혀 아닙니다. 확실한 어떤 느낌이 전해지지 않습니다. 저는 움직이지 않는 일을 좋아합니다. 그러나 저는 까다롭지는 않습니다."

"그러면 그냥 그대로 가만있게!" 인내심을 잃고 나는 소리쳤다.

그와의 이런 속 터지는 관계를 맺은 이후 처음으로 화를 냈다. "만일 자네가 이 사무실을 오늘 밤이 지나기 전에 나가지 않으면 나는⋯ 참으로 **나는**⋯ 나 스스로 이 사무실을 나갈 수밖에 없네." 나는 이런 터무니없는 결론을 내릴 수밖에 없었다. 왜냐하면 요지부동인 그를 따르게 하려면 어떤 협박을 해야 하는지 나는 전혀 알지 못했기 때문이다. 자포자기해서 서둘러 그 자리를 떠나려고 할 때 어떤 생각이 떠올랐다. 전에 한 번도 생각해 보지 않았던 아이디어는 아니었다.

"바틀비." 그런 흥분된 상황에서 낼 수 있는 가장 친절한 어조로 말했다. "자네, 나와 함께 나의 집으로 가지 않겠나? 사무실 말고 내가 사는 곳으로 말일세. 거기서 머물면서 편안하게 자네 문제를 결정하지 않겠나? 지금 나와 함께 가세."

"싫습니다. 저는 현재 어떤 변화도 만들고 싶지 않습니다."

나는 아무런 대답도 하지 않고 모든 사람을 피해 재빨리 빌딩을 빠져나왔다. 그리고는 브로드웨이 방향으로 월 스트리트 위쪽으로 달려, 처음 보이는 공용마차에 올라타 추적을 피했다. 평정심을 되찾자마자 나는 분명하게 내가 할 수 있는 모든 일을 했다는 생각이 들었다. 건물 주인과 세입자들의 요구에 대해서도, 바틀비를 도와주고 그를 잔인한 박해에서 보호해 주려는 나의 욕망과 의무에 대해서도, 나는 할 만큼 했다는 생각이 들었다. 이제 나는 완전히 걱정 없고 조용한 삶을 위해 노력해야겠다. 나의 양심도 그 시도를 인정해 주었다. 그러나 내가 원하는 만큼의 평온은 얻지 못했다. 분노한 건물 주인과 세입자들이 다시 쳐들어올까 두려워 사업을 모두 펜치에게 맡기고, 며칠 동안 내 사륜마차를 타고 뉴욕 북부와 교외를 돌아다녔다. 강 건너 저지시티와 호보컨까지 가보았고 맨해튼빌과 애스토리아를 도망자처럼 배회했다. 사실 나는 호텔이 아닌 내 사륜마차에서 살다시피 했다.

다시 사무실로 돌아왔을 때, 건물 주인에게서 온 편지가 책상에 놓여있었다. 떨리는 손으로 그 편지를 펼쳐보았다. 거기엔 건물 주인이 경찰을 불렀으며 그들이 바틀비를 부랑자로 툼스 구치소에 수감했다고 쓰여 있었다. 게다가 그는 내가 바틀비에 대해 누구보다 많이 알고 있으니 그곳에 출두해서 적절한 진술을 해주길 바란다고 덧붙이고 있었다. 이 통지는 내게 상반된 감정을 불러일으켰다. 처음에는 화가 났고 결국엔 수긍하게 되었다. 열정적이고 단호한 건물 주인이 나섰다면 할 수 없었을 그 절차를 이행한 것이다. 그러한 특수한 상황에서 그것은 유일한 해결책인 것처럼 보였다.

나중에 알게 된 사실이지만, 그 불쌍한 필경사는 자신이 툼스 구치소에 수감된다는 말을 들었을 때 조금도 저항하지 않고, 창백하고 무감하게 조용히 따라갔다고 한다.

동정심과 호기심에 찬 몇 명의 구경꾼들이 무리에 합류했다. 경찰관 한 명이 바틀비의 팔짱을 낀 채 앞장섰고, 조용한 행렬은 한낮 대로의 소음과 열기와 환희 속을 헤치고 나아갔다.

편지를 받은 그날 나는 툼스 구치소, 좀 더 정확히 말하자면 정의의 전당으로 갔다. 담당 관리를 찾아가서 내가 온 목적을 밝히자, 내가 묘사한 인물이 실제로 수감되어 있다고 알려주었다. 그래서 나는 바틀비가 이해할 수 없이 기이한 면이 있지만 정말로 정직한 사람으로 동정 받을 만한 가치가 있다고 단언했다. 나는 내가 알고 있는 전부를 이야기해 주고 최대한 관대하게 구류해 주기를 그리고 덜 가혹한 처벌을 받게 해달라고 부탁했다. 사실 덜 가혹한 처벌이 무엇인지 잘 몰랐지만, 어쨌든 대안이 없다면 그는 빈민구호소에 맡겨질 것이다. 그리고 나는 면회를 요청했다.

파렴치한 범죄 혐의가 있는 것도 아니었고 모든 면에서 조용하고 해가 없어 보였기에 그들은 그에게 감옥을 특히 잔디가 있는 안뜰을 자유롭게 돌아다니도록 허

락했다. 그곳에서 나는 그를 발견할 수 있었다. 안뜰의 가장 고요한 곳에 홀로 서있는 그의 얼굴은 높은 벽을 향해 있었다. 안뜰을 둘러 싼 감옥 창문의 작은 구멍을 통해 살인자들과 절도범들의 눈이 그를 바라보고 있는 것처럼 보였다.

"바틀비."

"나는 당신인 줄 알고 있습니다." 돌아보지 않고 그가 말했다. "그리고 나는 당신과 이야기하고 싶지 않습니다."

"자네를 여기에 집어넣은 건 내가 아니네, 바틀비." 나는 넌지시 드러나는 그의 의심에 가슴 아파하며 말했다. "그리고 자네에게, 이곳은 그렇게 나쁜 장소는 아니지 않은가. 여기 있다고 해서 자네에게 치욕스러운 꼬리표가 붙는 것도 아니고. 게다가 여긴 사람들이 생각하듯 그렇게 슬픈 장소는 아니네. 보게나, 저기 하늘도 있고 여긴 풀도 있지."

"제가 어디에 있는지 저도 알고 있습니다." 그는 대답했다. 그러나 더 이상 아무런 말도 없었기에 나는 그 자리를 떠났다.

내가 다시 복도에 들어서자 앞치마를 두른 덩치 큰 육덕진 남자가 나에게 다가와 말을 걸었다. 그러더니 엄지손가락으로 자기 어깨너머를 가리키며 말했다. "저 사람이 당신 친구입니까?"

"그렇습니다."

"그가 굶어 죽기를 원하십니까? 그렇다면 구치소

밥만 먹게 하면 됩니다. 그러면 되죠."

"당신은 누구십니까?" 이런 장소에서 그렇게 비공식적 말투로 말하는 사람을 어떻게 대해야 할지 몰라서 물었다.

"저는 조리사입니다. 여기에 친구가 있는 신사들이 저를 고용하죠. 친구들이 좋은 음식을 먹도록 말입니다."

"그렇습니까?" 나는 교도관을 보며 말했다.

그는 그렇다고 말했다.

"그렇다면" 나는 그 조리사(그들은 그를 그렇게 부른다)의 손에 은화를 쥐여주며 말했다. "저기 내 친구에게 특별히 주의를 기울여 주시오. 가능한 한 그에게 최고의 식사를 제공해 주고, 최대한 공손하게 대해주시오."

"저를 그에게 소개해 주시겠습니까?" 조리사는 예의범절의 표본을 보여주고 싶어 못 견디겠다는 표정으로 나를 바라보면서 말했다.

필경사에게 도움이 될 거라고 생각해서 순순히 따랐다. 그리고 조리사의 이름을 묻고 그와 함께 바틀비에게 갔다.

"바틀비, 이쪽은 커틀리츠 씨네. 자네에게 도움이 되는 사람일 걸세."

"저는 당신의 하인입니다, 나리. 당신의 하인입니다." 조리사가 앞치마를 두른 허리를 굽히며 말했다. "여기서 좋은 시간 보내시길 바랍니다, 나리. 넓은 정원, 시원한 방, 저희와 편안한 시간을 보내시길 바랍니다. 저희

부부의 사적 공간에서 저녁 식사를 대접해도 될까요?"

"저는 오늘 저녁식사를 하고 싶지 않습니다." 바틀비가 돌아서면서 말했다. "그건 좀 불편합니다. 저는 저녁은 한 번도 먹어본 적이 없습니다." 그렇게 말하고 그는 천천히 안뜰의 반대편으로 걸어가 막힌 벽을 마주보는 곳에 자리를 잡았다.

"이거 어떻게 된 거죠?" 깜짝 놀란 얼굴로 나를 바라보며 조리사가 말했다. "그는 좀 이상하군요. 그렇죠?"

"제가 보기에 그는 약간 정상이 아닙니다." 나는 슬프게 말했다.

"정상이 아니라고요? 정상이 아니군요. 저는 당신의 친구가 화폐 위조범이라고 확신했었습니다. 그들은 창백하고 항상 신사인 척하지요. 전 그들이 너무 불쌍합니다. 불쌍해서 견딜 수가 없습니다, 선생님. 당신은 먼로 에드워즈를 아십니까?" 그는 비장하게 덧붙이면서 잠시 말을 멈췄다. 그러고는 안타깝다는 듯이 그의 손을 내 어깨에 얹고 한숨을 내쉬었다. "그는 싱싱 교도소에서 폐병으로 죽었습니다. 당신은 먼로를 모르십니까?"

"아니요, 나는 그런 위조범과 사교적으로 어울릴 일이 없었소. 이제 그만 가봐야겠소. 내 친구를 잘 돌봐주시오. 손해 볼 일은 없을 거요. 그럼 또 봅시다."

며칠이 지나고, 나는 다시 툼스 구치소에 출입 허가를 받았다. 그리고 바틀비를 찾아 복도를 돌아다녔으나 그를 찾지 못했다.

"조금 전에 그가 방에서 나오는 걸 봤습니다." 한 교도 관이 말했다. "아마도 안뜰에서 서성거리고 있을 겁니다."

그래서 나는 그쪽으로 향했다.

"당신은 그 조용한 남자를 찾고 있습니까?" 또 다른 교도관이 나를 지나치며 말했다. "저쪽에 누워 있습니다. 거기 안뜰에서 자고 있더군요. 그가 눕는 걸 본 게 이십 분도 안 됐어요."

그 안뜰은 완벽하게 고요했다. 그곳은 일반 죄수들이 접근할 수 없는 곳이었다. 엄청난 두께의 벽에 둘러싸여 있어서 벽 너머의 모든 소음이 차단되고 있었다. 이집트 양식의 그 벽이 특유의 우울함으로 나를 짓눌렀다. 그러나 갇혀진 그곳에, 부드러운 잔디가 내 발 밑에서 자라고 있었다. 그건 마치 불멸의 피라미드 한가운데 갈라진 틈 사이로, 어떤 신비한 마법에 의해 새들이 떨구고 간 잔디의 씨앗이 싹을 틔운 것만 같았다.

벽 아래쪽에 무릎을 끌어안은 채 기묘하게 웅크린, 쇠약해진 바틀비가 보였다. 그는 벽에 머리를 둔 채 옆으로 비스듬히 기대고 있었다. 그러나 움직임이 전혀 없었다. 나는 잠시 멈췄다가 그에게 가까이 다가가 몸을 굽혔다. 그의 흐릿한 눈이 떠있지 않았다면 깊은 잠에 빠진 것처럼 보였을 것이다. 어떤 충동이 나로 하여금 그를 건드려 보게 했다. 그의 손을 만지는 순간 어떤 찌릿한 전율이 내 팔과 척추를 거쳐 발끝까지 내려갔다.

조리사의 둥근 얼굴이 나를 내려다보고 있었다. "그

바틀비, 월 스트리트의 한 필경사 이야기

의 식사가 준비되었습니다. 그는 오늘도 밥을 안 먹을까요? 그게 아니라면 그는 먹지 않고도 살 수 있는 걸까요?"

"먹지 않고 산다오." 그의 눈을 감겨주면서 나는 말했다.

"어! 그는 잠들었군요. 그렇지요?"

"왕과 고문관과 함께."[05] 나는 조용히 속삭였다.

****

이 이야기를 계속 할 필요는 없는 것 같다. 불쌍한 바틀비의 매장에 관한 메마른 이야기는 상상만으로 충분할 것이다. 그러나 독자와 작별하기 전에 한 가지 말해두고 싶은 것이 있다. 만일 이 짧은 이야기로 인해 바틀비가 누구이고, 필자가 그를 만나기 전에 그가 어떤 삶을 살아왔는지에 호기심이 생겼다면, 내가 할 수 있는 유일한 대답은 나 역시 그러한 호기심을 공유하지만 내가 그것을 충족시켜 주지 못한다는 점이다. 그러나 지금 필경사가 죽은 지 몇 달 뒤에 알게 된 어떤 소문을 전해 줘야 하는지에 관해서는 확신이 없다. 소문의 진원지가 어디인지 확실하지 않고 그래서 그것이 진실인지 이야기할 수 없기 때문이다. 그러나 이 모호한 이야기가 너무 애석하긴 하지만, 나뿐만 아니라 다른 사람들의 흥미를 얼마간 충족시킬 수 있을 것 같아 짧게 적도록 하겠다. 그 소문은 이렇다. 바틀비는 워싱턴에 있는 배달

---

05   구약성서 욥기 3장 14절

불능 우편물과에서 일했었는데 행정부의 어떤 변화 때문에 갑자기 해고되었다. 이 소문에 대해 생각할 때 나를 사로잡는 그 감정을 적절하게 표현하기가 힘들다. 배달 불능 우편물(Dead Letter)이라니! 그것은 죽은 사람(dead men)을 떠올리게 하지 않는가? 타고나기를, 그리고 운이 나빠서 절망감에 빠지기 쉬운 그런 사람을 상상해 보라. 그런 사람에게 지속적으로 배달 불능 우편물을 분류해서 소각장으로 보내는 그런 일만큼 그의 절망감을 깊게 할 수 있는 일이 또 있을까? 그것들은 해마다 대량으로 불태워진다. 때때로 이 창백한 직원은 접힌 편지에서 반지를 발견한다. 그 반지가 끼워질 손가락은 아마 무덤에서 썩고 있을지 모른다. 혹은 자선단체에 급하게 보낸 한 장의 지폐를 발견할 수도 있다. 그 지폐가 구원할 수 있었던 누군가는 더 이상 배가 고프지도 먹을 수 없을지도 모른다. 그것은 절망에 빠져 죽은 사람을 위한 희망이었을 수도, 지속되는 재앙에 짓눌려 죽은 사람에게 보내는 희소식이었을지도 모른다. 생명의 전령이었던 이 편지들이 죽음을 향해 달려가는 것이다.

아, 바틀비여! 아, 인간이여!

Bartleby,
the Scrivener: A Story of Wall-Street

I am a rather elderly man. The nature of my avocations for the last thirty years has brought me into more than ordinary contact with what would seem an interesting and somewhat singular set of men, of whom as yet nothing that I know of has ever been written:-I mean the law-copyists or scriveners. I have known very many of them, professionally and privately, and if I pleased, could relate divers histories, at which good- natured gentlemen might smile, and sentimental souls might weep. But I waive the biographies of all other scriveners for a few passages in the life of Bartleby, who was a scrivener of the strangest I ever saw or heard of. While of other law-copyists I might write the complete life, of Bartleby nothing of that sort can be done. I believe that no materials exist for a full and satisfactory biography of this man. It is an irreparable loss to literature. Bartleby was one of those beings of whom nothing is ascertainable, except from the original sources, and in his case those are very small. What my own astonished eyes saw of Bartleby, *that* is all I know of him, except, indeed, one vague report which will appear in the sequel.

Ere introducing the scrivener, as he first appeared to me, it is fit I make some mention of myself, my *employees*, my business, my chambers, and general surroundings; because some such description is indispensable to an adequate understanding of the chief character about to be presented.

Imprimis: I am a man who, from his youth upwards, has been filled with a profound conviction that the easiest way of life is the best. Hence, though I belong to a profession proverbially energetic and nervous, even to turbulence, at times, yet nothing of that sort have I ever suffered to invade my peace. I am one of those unambitious lawyers who never addresses a jury, or in any way draws down public applause; but in the cool tranquility of a snug retreat, do a snug business among rich men's bonds and mortgages and title-deeds. All who know me, consider me an eminently *safe* man. The late John Jacob Astor, a personage little given to poetic enthusiasm, had no hesitation in pronouncing my first grand point to be prudence; my next, method. I do not speak it in vanity, but simply record the fact, that I was not unemployed in my profession by the late John Jacob Astor; a name which, I admit, I love to repeat, for it hath a rounded and orbicular sound to it, and rings like unto bullion. I will freely add, that I was not insensible to the late John Jacob Astor's good opinion.

Some time prior to the period at which this little history begins, my avocations had been largely increased. The good old office, now extinct in the State of New York, of a Master in Chancery, had been conferred upon me. It was not a very arduous office, but very pleasantly remunerative. I seldom lose my temper; much more seldom indulge in dangerous indignation at wrongs and outrages; but I must be permitted to be rash here and declare, that I consider the sudden and violent abrogation of the office of Master in Chancery, by the new Constitution, as a-premature act; inasmuch as I had counted upon a life-lease of the profits, whereas I only received those of a few short years. But this is by the way.

My chambers were up stairs at No.-Wall-street. At one end they looked upon the white wall of the interior of a spacious sky-light shaft, penetrating the building from top to bottom. This view might have been considered rather tame than otherwise, deficient in what landscape painters call "life." But if so, the view from the other end of my chambers offered, at least, a contrast, if nothing more. In that direction my windows commanded an unobstructed view of a lofty brick wall, black by age and everlasting shade; which wall required no spy-glass to bring out its lurking beauties, but for the benefit of all near-sighted spectators, was pushed up to within ten feet of my window panes. Owing to the great height of the surrounding buildings, and my chambers being on the second floor, the interval between this wall and mine not a little resembled a huge square cistern.

At the period just preceding the advent of Bartleby, I had two persons as copyists in my employment, and a promising lad as an office-boy.

First, Turkey; second, Nippers; third, Ginger Nut. These may seem names, the like of which are not usually found in the Directory. In truth they were nicknames, mutually conferred upon each other by my three clerks, and were deemed expressive of their respective persons or characters. Turkey was a short, pursy Englishman of about my own age, that is, somewhere not far from sixty. In the morning, one might say, his face was of a fine florid hue, but after twelve o'clock, meridian-his dinner hour-it blazed like a grate full of Christmas coals; and continued blazing-but, as it were, with a gradual wane-till 6 o'clock, P.M. or thereabouts, after which I saw no more of the proprietor of the face, which gaining its meridian with the sun, seemed to set with it, to rise, culminate, and decline the following day, with the like regularity and undiminished glory. There are many singular coincidences I have known in the course of my life, not the least among which was the fact, that exactly when Turkey displayed his fullest beams from his red and radiant countenance, just then, too, at that critical moment, began the daily period when I considered his business capacities as seriously disturbed for the remainder of the twenty-four hours. Not that he was absolutely idle, or averse to business then; far from it. The difficulty was, he was apt to be altogether too energetic. There was a strange, inflamed, flurried, flighty recklessness of activity about him. He would be incautious in dipping his pen into his inkstand. All his blots upon my documents, were dropped there after twelve o'clock, meridian. Indeed, not only would he be reckless and sadly given to making blots in the afternoon, but some days he went further, and was rather noisy. At such times, too, his face flamed with augmented blazonry, as if cannel coal had been heaped on anthracite. He made an unpleasant racket with his chair; spilled his sand-box; in mending his pens, impatiently split them all to pieces, and threw them on the floor in a sudden passion; stood up and leaned over his table, boxing his papers about in a most indecorous manner, very sad to behold in an elderly man like him. Nevertheless, as he was in many ways a most valuable person to me, and all the time before twelve o'clock, meridian, was the quickest, steadiest creature too, accomplishing a great deal of work in a style not easy to be matched-for these reasons, I was willing to overlook his eccentricities, though indeed, occasionally, I remonstrated with him. I did this very gently, however, because, though the civilest, nay, the blandest and most reverential of men in the morning, yet in the afternoon he was disposed, upon provocation, to be slightly rash with his tongue, in fact, insolent. Now, valuing his morning services as I did, and resolved not to lose them; yet, at the same time made uncomfortable by his inflamed ways after twelve o'clock; and being a man of peace, unwilling by my admonitions to call forth unseemly retorts from him; I took upon me, one Saturday noon (he was always worse on Saturdays), to hint to him, very kindly, that perhaps now that he was growing old, it might be well to abridge his labors; in short, he need not come to my chambers after twelve o'clock, but, dinner over, had best go home to his lodgings and rest himself till teatime. But no; he insisted upon his afternoon devotions. His countenance became intolerably fervid, as he oratorically assured me-gesticulating with a long ruler at the other end of the room-that if his services in the morning were useful, how indispensable, then, in the afternoon?

"With submission, sir," said Turkey on this occasion, "I consider myself your right-hand man. In the morning I but marshal and deploy my columns; but in the afternoon I put myself at their head, and gallantly charge the foe, thus!"-and he made a violent thrust with the ruler.

"But the blots, Turkey," intimated I.

"True,-but, with submission, sir, behold these hairs! I am getting old. Surely, sir, a blot or two of a warm afternoon is not to be severely urged against gray hairs. Old age-even if it blot the page-is honorable. With submission, sir, we *both* are getting old."

This appeal to my fellow-feeling was hardly to be resisted. At all events, I saw that go he would not. So I made up my mind to let him stay, resolving, nevertheless, to see to it, that during the afternoon he had to do with my less important papers.

Nippers, the second on my list, was a whiskered, sallow, and, upon the whole, rather piratical-looking young man of about five and twenty. I always deemed him the victim of two evil powers-ambition and indigestion. The ambition was evinced by a certain impatience of the duties of a mere copyist, an unwarrantable usurpation of strictly professional affairs, such as the original drawing up of legal documents. The indigestion seemed betokened in an occasional nervous testiness and grinning irritability, causing the teeth to audibly grind together over mistakes committed in copying; unnecessary maledictions, hissed, rather than spoken, in the heat of business; and especially by a continual discontent with the height of the table where he worked. Though of a very ingenious mechanical turn, Nippers could never get this table to suit him. He put chips under it, blocks of various sorts, bits of pasteboard, and at last went so far as to attempt an exquisite adjustment by final pieces of folded blotting paper. But no invention would answer. If, for the sake of easing his back, he brought the table lid at a sharp angle well up towards his chin, and wrote there like a man using the steep roof of a Dutch house for his desk:-then he declared that it stopped the circulation in his arms. If now he lowered the table to his waistbands, and stooped over it in writing, then there was a sore aching in his back. In short, the truth of the matter was, Nippers knew not what he wanted. Or, if he wanted any thing, it was to be rid of a scrivener's table altogether. Among the manifestations of his diseased ambition was a fondness he had for receiving visits from certain ambiguous-looking fellows in seedy coats, whom he called his clients. Indeed I was aware that not only was he, at times, considerable of a wardpolitician, but he occasionally did a little business at the Justices' courts, and was not unknown on the steps of the Tombs. I have good reason to believe, however, that one individual who called upon him at my chambers, and who, with a grand air, he insisted was his client, was no other than a dun, and the alleged title-deed, a bill. But with all his failings, and the annoyances he caused me, Nippers, like his compatriot Turkey, was a very useful man to me; wrote a neat, swift hand; and, when he chose, was not deficient in a gentlemanly sort of deportment. Added to this, he always dressed in a gentlemanly sort of way; and so, incidentally, reflected credit upon my chambers. Whereas with respect to Turkey, I had much ado to keep him from being a reproach to me. His clothes were apt to look oily and smell of eating-houses. He wore his pantaloons very loose and baggy in summer. His coats were execrable; his hat not to be handled. But while the hat was a thing of indifference to me, inasmuch as his natural civility and deference, as a dependent Englishman, always led him to doff it the moment he entered the room, yet his coat was another matter. Concerning his coats, I reasoned with him; but with no effect. The truth was, I suppose, that a man of so small an income, could not afford to sport such a lustrous face and a lustrous coat at one and the same time. As Nippers once observed, Turkey's money went chiefly for red ink. One winter day I presented Turkey with a highly-respectable looking coat of my own, a padded gray coat, of a most comfortable warmth, and which buttoned straight up from the knee to the neck. I thought Turkey would appreciate the favor, and abate his rashness and obstreperousness of afternoons. But no. I verily believe that buttoning himself up in so downy and blanket-like a coat had a pernicious effect upon him; upon the same principle that too much oats are bad for horses. In fact, precisely as a rash, restive horse is said to feel his oats, so Turkey felt his coat. It made him insolent. He was a man whom prosperity harmed.

Though concerning the self-indulgent habits of Turkey I had my own private surmises, yet touching Nippers I was well persuaded that whatever might be his faults in other respects, he was, at least, a temperate young man. But indeed, nature herself seemed to have been his vintner, and at his birth charged him so thoroughly with an irritable, brandy-like disposition, that all subsequent potations were needless. When I consider how, amid the stillness of my chambers, Nippers would sometimes impatiently rise from his seat, and stooping over his table, spread his arms wide apart, seize the whole desk, and move it, and jerk it, with a grim, grinding motion on the floor, as if the table were a perverse voluntary agent, intent on thwarting and vexing him; I plainly perceive that for Nippers, brandy and water were altogether superfluous.

It was fortunate for me that, owing to its peculiar cause-indigestion- the irritability and consequent nervousness of Nippers, were mainly observable in the morning, while in the afternoon he was comparatively mild. So that Turkey's paroxysms only coming on about twelve o'clock, I never had to do with their eccentricities at one time. Their fits relieved each other like guards. When Nippers' was on, Turkey's was off; and *vice versa*. This was a good natural arrangement under the circumstances.

Ginger Nut, the third on my list, was a lad some twelve years old. His father was a carman, ambitious of seeing his son on the bench instead of a cart, before he died. So he sent him to my office as student at law, errand boy, and cleaner and sweeper, at the rate of one dollar a week. He had a little desk to himself, but he did not use it much. Upon inspection, the drawer exhibited a great array of the shells of various sorts of nuts. Indeed, to this quick-witted youth the whole noble science of the law was contained in a nut-shell. Not the least among the employments of Ginger Nut, as well as one which he discharged with the most alacrity, was his duty as cake and apple purveyor for Turkey and Nippers. Copying law papers being proverbially dry, husky sort of business, my two scriveners were fain to moisten their mouths very often with Spitzenbergs to be had at the numerous stalls nigh the Custom House and Post Office. Also, they sent Ginger Nut very frequently for that peculiar cake-small, flat, round, and very spicy-after which he had been named by them. Of a cold morning when business was but dull, Turkey would gobble up scores of these cakes, as if they were mere wafers-indeed they sell them at the rate of six or eight for a penny-the scrape of his pen blending with the crunching of the crisp particles in his mouth. Of all the fiery afternoon blunders and flurried rashnesses of Turkey, was his once moistening a ginger-cake between his lips, and clapping it on to a mortgage for a seal. I came within an ace of dismissing him then. But he

mollified me by making an oriental bow, and saying-
"With submission, sir, it was generous of me to find
you in stationery on my own account."

Now my original business-that of a conveyancer
and title hunter, and drawer-up of recondite
documents of all sorts-was considerably increased
by receiving the master's office. There was now great
work for scriveners. Not only must I push the clerks
already with me, but I must have additional help.
In answer to my advertisement, a motionless young
man one morning, stood upon my office threshold,
the door being open, for it was summer. I can see
that figure now-pallidly neat, pitiably respectable,
incurably forlorn! It was Bartleby.

After a few words touching his qualifications,
I engaged him, glad to have among my corps of
copyists a man of so singularly sedate an aspect, which
I thought might operate beneficially upon the flighty
temper of Turkey, and the fiery one of Nippers.

I should have stated before that ground glass
folding-doors divided my premises into two parts,
one of which was occupied by my scriveners, the
other by myself. According to my humor I threw
open these doors, or closed them. I resolved to
assign Bartleby a corner by the folding-doors, but

on my side of them, so as to have this quiet man within easy call, in case any trifling thing was to be done. I placed his desk close up to a small side-window in that part of the room, a window which originally had afforded a lateral view of certain grimy back-yards and bricks, but which, owing to subsequent erections, commanded at present no view at all, though it gave some light. Within three feet of the panes was a wall, and the light came down from far above, between two lofty buildings, as from a very small opening in a dome. Still further to a satisfactory arrangement, I procured a high green folding screen, which might entirely isolate Bartleby from my sight, though not remove him from my voice. And thus, in a manner, privacy and society were conjoined.

At first Bartleby did an extraordinary quantity of writing. As if long famishing for something to copy, he seemed to gorge himself on my documents. There was no pause for digestion. He ran a day and night line, copying by sun-light and by candle-light. I should have been quite delighted with his application, had he been cheerfully industrious. But he wrote on silently, palely, mechanically.

It is, of course, an indispensable part of a

scrivener's business to verify the accuracy of his copy, word by word. Where there are two or more scriveners in an office, they assist each other in this examination, one reading from the copy, the other holding the original. It is a very dull, wearisome, and lethargic affair. I can readily imagine that to some sanguine temperaments it would be altogether intolerable. For example, I cannot credit that the mettlesome poet Byron would have contentedly sat down with Bartleby to examine a law document of, say five hundred pages, closely written in a crimpy hand.

Now and then, in the haste of business, it had been my habit to assist in comparing some brief document myself, calling Turkey or Nippers for this purpose. One object I had in placing Bartleby so handy to me behind the screen, was to avail myself of his services on such trivial occasions. It was on the third day, I think, of his being with me, and before any necessity had arisen for having his own writing examined, that, being much hurried to complete a small affair I had in hand, I abruptly called to Bartleby. In my haste and natural expectancy of instant compliance, I sat with my head bent over the original on my desk, and my right hand sideways, and somewhat nervously extended with the copy, so that immediately upon emerging from his retreat, Bartleby might snatch it and proceed to business without the least delay.

In this very attitude did I sit when I called to him, rapidly stating what it was I wanted him to do-namely, to examine a small paper with me. Imagine my surprise, nay, my consternation, when without moving from his privacy, Bartleby in a singularly mild, firm voice, replied, "I would prefer not to."

I sat awhile in perfect silence, rallying my stunned faculties. Immediately it occurred to me that my ears had deceived me, or Bartleby had entirely misunderstood my meaning. I repeated my request in the clearest tone I could assume. But in quite as clear a one came the previous reply, "I would prefer not to."

"Prefer not to," echoed I, rising in high excitement, and crossing the room with a stride. "What do you mean? Are you moon-struck? I want you to help me compare this sheet here-take it," and I thrust it towards him.

"I would prefer not to," said he.

I looked at him steadfastly. His face was leanly composed; his gray eye dimly calm. Not a wrinkle of agitation rippled him. Had there been the least uneasiness, anger, impatience or impertinence in his manner; in other words, had there been any thing ordinarily human about him, doubtless I should have violently dismissed him from the premises. But as it was, I should have as soon thought of turning my pale plaster-of- paris bust of Cicero out of doors. I stood gazing at him awhile, as he went on with his own writing, and then reseated myself at my desk. This is very strange, thought I. What had one best do? But my business hurried me. I concluded to forget the matter for the present, reserving it for my future leisure. So calling Nippers from the other room, the paper was speedily examined.

A few days after this, Bartleby concluded four lengthy documents, being quadruplicates of a week's testimony taken before me in my High Court of Chancery. It became necessary to examine them. It was an important suit, and great accuracy was imperative. Having all things arranged I called Turkey, Nippers and Ginger Nut from the next room, meaning to place the four copies in the hands of my four clerks, while I should read from the original. Accordingly Turkey, Nippers and Ginger Nut had taken their seats in a row, each with his document in hand, when I called to Bartleby to join this interesting group.

"Bartleby! quick, I am waiting."

I heard a slow scrape of his chair legs on the uncarpeted floor, and soon he appeared standing at the entrance of his hermitage.

"What is wanted?" said he mildly.

"The copies, the copies," said I hurriedly. "We are going to examine them. There"-and I held towards him the fourth quadruplicate.

"I would prefer not to," he said, and gently disappeared behind the screen.

For a few moments I was turned into a pillar of salt, standing at the head of my seated column of clerks. Recovering myself, I advanced towards the screen, and demanded the reason for such extraordinary conduct.

"*Why* do you refuse?" "I would prefer not to."

With any other man I should have flown outright into a dreadful passion, scorned all further words, and thrust him ignominiously from my presence. But there was something about Bartleby that not only strangely disarmed me, but in a wonderful manner touched and disconcerted me. I began to reason with him.

"These are your own copies we are about to

examine. It is labor saving to you, because one examination will answer for your four papers. It is common usage. Every copyist is bound to help examine his copy. Is it not so? Will you not speak? Answer!"

"I prefer not to," he replied in a flute-like tone. It seemed to me that while I had been addressing him, he carefully revolved every statement that I made; fully comprehended the meaning; could not gainsay the irresistible conclusions; but, at the same time, some paramount consideration prevailed with him to reply as he did.

"You are decided, then, not to comply with my request-a request made according to common usage and common sense?"

He briefly gave me to understand that on that point my judgment was sound. Yes: his decision was irreversible.

It is not seldom the case that when a man is browbeaten in some unprecedented and violently unreasonable way, he begins to stagger in his own plainest faith. He begins, as it were, vaguely to surmise that, wonderful as it may be, all the justice and all the reason is on the other side. Accordingly, if any disinterested persons are present, he turns to them for some reinforcement for his own faltering mind.

"Turkey," said I, "what do you think of this?

Am I not right?"

"With submission, sir," said Turkey, with his blandest tone, "I think that you are."

"Nippers," said I, "what do *you* think of it?" "I think I should kick him out of the office."

(The reader of nice perceptions will here perceive that, it being morning, Turkey's answer is couched in polite and tranquil terms, but Nippers replies in ill-tempered ones. Or, to repeat a previous sentence, Nippers' ugly mood was on duty and Turkey's off.)

"Ginger Nut," said I, willing to enlist the smallest suffrage in my behalf, "what do you think of it?"

"I think, sir, he's a little *luny*," replied Ginger Nut with a grin. "You hear what they say," said I, turning towards the screen, "come forth and do your duty."

But he vouchsafed no reply. I pondered a moment in sore perplexity. But once more business hurried me. I determined again to postpone the consideration of this dilemma to my future leisure. With a little trouble we made out to examine the papers without Bartleby, though at every page or two, Turkey deferentially dropped his opinion that this proceeding was quite out of the common; while Nippers, twitching in his chair with a dyspeptic nervousness, ground out between his set teeth occasional hissing maledictions against the stubborn oaf behind the screen. And for his (Nippers') part, this was the first and the last time he would do another man's business without pay.

Meanwhile Bartleby sat in his hermitage, oblivious to every thing but his own peculiar business there.

Some days passed, the scrivener being employed upon another lengthy work. His late remarkable conduct led me to regard his ways narrowly. I observed that he never went to dinner; indeed that he never went any where. As yet I had never of my personal knowledge known him to be outside of my office. He was a perpetual sentry in the corner. At about eleven o'clock though, in the morning, I noticed that Ginger Nut would advance toward the opening in Bartleby's screen, as if silently beckoned thither by a gesture invisible to me where I sat. The boy would then leave the office jingling a few pence, and reappear with a handful of ginger-nuts which he delivered in the hermitage, receiving two of the cakes for his trouble.

He lives, then, on ginger-nuts, thought I; never eats a dinner, properly speaking; he must be a vegetarian then; but no; he never eats even vegetables, he eats nothing but ginger-nuts. My mind then ran on in reveries concerning the probable effects upon the human constitution of living entirely on ginger-nuts. Ginger-nuts are so called because they contain ginger as one of their peculiar constituents, and the final flavoring one. Now what was ginger? A hot, spicy thing. Was Bartleby hot and spicy? Not at all. Ginger, then, had no effect upon Bartleby. Probably he preferred it should have none.

Nothing so aggravates an earnest person as a passive resistance. If the individual so resisted be of a not inhumane temper, and the resisting one perfectly harmless in his passivity; then, in the better moods of the former, he will endeavor charitably to construe to his imagination what proves impossible to be solved by his judgment. Even so, for the most part, I regarded Bartleby and his ways. Poor fellow! thought I, he means no mischief; it is plain he intends no insolence; his aspect sufficiently evinces that his eccentricities are involuntary. He is useful to me. I can get along with him. If I turn him away, the chances are he will fall in with some less indulgent employer, and then he will be rudely treated, and perhaps driven forth miserably to starve. Yes. Here I can cheaply purchase a delicious self-approval. To befriend Bartleby; to humor him in his strange willfulness, will cost me little or nothing, while I lay up in my soul what will eventually prove a sweet morsel for my conscience. But this mood was not invariable with me. The passiveness of Bartleby sometimes irritated me. I felt strangely goaded on to encounter him in new opposition, to elicit some angry spark from him answerable to my own. But indeed I might as well have essayed to strike fire with my knuckles against a bit of Windsor soap. But one afternoon the evil impulse in me mastered me, and the following little scene ensued:

"Bartleby," said I, "when those papers are all copied, I will compare them with you."

"I would prefer not to."

"How? Surely you do not mean to persist in that mulish vagary?"

No answer.

I threw open the folding-doors near by, and turning upon Turkey and Nippers, exclaimed in an excited manner-

"He says, a second time, he won't examine his papers. What do you think of it, Turkey?"

It was afternoon, be it remembered. Turkey sat glowing like a brass boiler, his bald head steaming, his hands reeling among his blotted papers.

"Think of it?" roared Turkey; "I think I'll just step behind his screen, and black his eyes for him!"

So saying, Turkey rose to his feet and threw his arms into a pugilistic position. He was hurrying away to make good his promise, when I detained him, alarmed at the effect of incautiously rousing Turkey's combativeness after dinner.

"Sit down, Turkey," said I, "and hear what Nippers has to say. What do you think of it, Nippers? Would I not be justified in immediately dismissing Bartleby?"

"Excuse me, that is for you to decide, sir. I think his conduct quite unusual, and indeed unjust, as regards Turkey and myself. But it may only be a passing whim."

"Ah," exclaimed I, "you have strangely changed your mind then-you speak very gently of him now."

"All beer," cried Turkey; "gentleness is effects of beer-Nippers and I dined together to-day. You see how gentle I am, sir. Shall I go and black his eyes?"

"You refer to Bartleby, I suppose. No, not to-day, Turkey," I replied; "pray, put up your fists."

I closed the doors, and again advanced towards Bartleby. I felt additional incentives tempting me to my fate. I burned to be rebelled against again. I remembered that Bartleby never left the office.

"Bartleby," said I, "Ginger Nut is away; just step round to the Post Office, won't you? (it was but a three minute walk,) and see if there is any thing for me."

"I would prefer not to." "You *will* not?" "I *prefer* not."

I staggered to my desk, and sat there in a deep study. My blind inveteracy returned. Was there any other thing in which I could procure myself to be ignominiously repulsed by this lean, penniless wight?- my hired clerk? What added thing is there, perfectly reasonable, that he will be sure to refuse to do?

"Bartleby!"

No answer.

"Bartleby," in a louder tone.

No answer.

"Bartleby," I roared.

Like a very ghost, agreeably to the laws of magical invocation, at the third summons, he appeared at the entrance of his hermitage.

"Go to the next room, and tell Nippers to come to me." "I prefer not to," he respectfully and slowly said, and mildly disappeared.

"Very good, Bartleby," said I, in a quiet sort of serenely severe self- possessed tone, intimating the unalterable purpose of some terrible retribution very close at hand. At the moment I half intended something of the kind. But upon the whole, as it was drawing towards my dinner- hour, I thought it best to put on my hat and walk home for the day, suffering much from perplexity and distress of mind.

Shall I acknowledge it? The conclusion of this whole business was, that it soon became a fixed fact of my chambers, that a pale young scrivener, by the name of Bartleby, and a desk there; that he copied for me at the usual rate of four cents a folio (one hundred words); but he was permanently exempt from examining the work done by him, that duty being transferred to Turkey and Nippers, one of compliment doubtless to their superior acuteness; moreover, said Bartleby was never on any account to be dispatched on the most trivial errand of any sort; and that even if entreated to take upon him such a matter, it was generally understood that he would prefer not to-in other words, that he would refuse pointblank.

As days passed on, I became considerably

reconciled to Bartleby. His steadiness, his freedom from all dissipation, his incessant industry (except when he chose to throw himself into a standing revery behind his screen), his great stillness, his unalterableness of demeanor under all circumstances, made him a valuable acquisition. One prime thing was this,-*he was always there*;-first in the morning, continually through the day, and the last at night. I had a singular confidence in his honesty. I felt my most precious papers perfectly safe in his hands. Sometimes to be sure I could not, for the very soul of me, avoid falling into sudden spasmodic passions with him. For it was exceeding difficult to bear in mind all the time those strange peculiarities, privileges, and unheard of exemptions, forming the tacit stipulations on Bartleby's part under which he remained in my office. Now and then, in the eagerness of dispatching pressing business, I would inadvertently summon Bartleby, in a short, rapid tone, to put his finger, say, on the incipient tie of a bit of red tape with which I was about compressing some papers. Of course, from behind the screen the usual answer, "I prefer not to," was sure to come; and then, how could a human creature with the common infirmities of our nature, refrain from bitterly exclaiming upon such perverseness-such unreasonableness. However, every added repulse of this sort which I received only tended to lessen the probability of my repeating the inadvertence.

Here it must be said, that according to the custom of most legal gentlemen occupying chambers in densely-populated law buildings, there were several keys to my door. One was kept by a woman residing in the attic, which person weekly scrubbed and daily swept and dusted my apartments. Another was kept by Turkey for convenience sake. The third I sometimes carried in my own pocket. The fourth I knew not who had.

Now, one Sunday morning I happened to go to Trinity Church, to hear a celebrated preacher, and finding myself rather early on the ground, I thought I would walk around to my chambers for a while. Luckily I had my key with me; but upon applying it to the lock, I found it resisted by something inserted from the inside. Quite surprised, I called out; when to my consternation a key was turned from within; and thrusting his lean visage at me, and holding the door ajar, the apparition of Bartleby appeared, in his shirt sleeves, and otherwise in a strangely tattered dishabille, saying quietly that he was sorry, but he was deeply engaged just then, and-preferred not admitting me at present. In a brief word or two, he moreover added, that perhaps I had better walk round the block two or three times, and by that time he would probably have concluded his affairs.

Now, the utterly unsurmised appearance of Bartleby, tenanting my law- chambers of a Sunday morning, with his cadaverously gentlemanly *nonchalance*, yet withal firm and self-possessed, had such a strange effect upon me, that incontinently I slunk away from my own door, and did as desired. But not without sundry twinges of impotent rebellion against the mild effrontery of this unaccountable scrivener. Indeed, it was his wonderful mildness chiefly, which not only disarmed me, but unmanned me, as it were. For I consider that one, for the time, is a sort of unmanned when he tranquilly permits his hired clerk to dictate to him, and order him away from his own premises. Furthermore, I was full of uneasiness as to what Bartleby could possibly be doing in my office in his shirt sleeves, and in an otherwise dismantled condition of a Sunday morning. Was any thing amiss going on? Nay, that was out of the question. It was not to be thought of for a moment that Bartleby was an immoral person. But what could he be doing there?-copying? Nay again, whatever might be his eccentricities, Bartleby was an eminently decorous person. He would be the last man to sit down to his desk in any state approaching to nudity. Besides, it was Sunday; and there was something about Bartleby that forbade the supposition that he would by any secular occupation violate the proprieties of the day.

Nevertheless, my mind was not pacified; and full of a restless curiosity, at last I returned to the door. Without hindrance I inserted my key, opened it, and entered. Bartleby was not to be seen. I looked round anxiously, peeped behind his screen; but it was very plain that he was gone. Upon more closely examining the place, I surmised that for an indefinite period Bartleby must have ate, dressed, and slept in my office, and that too without plate, mirror, or bed. The cushioned seat of a rickety old sofa in one corner bore the faint impress of a lean, reclining form. Rolled away under his desk, I found a blanket; under the empty grate, a blacking box and brush; on a chair, a tin basin, with soap and a ragged towel; in a newspaper a few crumbs of ginger-nuts and a morsel of cheese. Yes, thought I, it is evident enough that Bartleby has been making his home here, keeping bachelor's hall all by himself. Immediately then the thought came sweeping across me, What miserable friendlessness and loneliness are here revealed! His poverty is great; but his solitude, how horrible! Think of it. Of a Sunday, Wall- street is deserted as Petra; and every night of every day it is an emptiness. This building too, which of week-days hums with industry and life, at nightfall echoes with sheer vacancy, and all through Sunday is forlorn. And here Bartleby makes his home; sole spectator of a solitude which he has seen all populous-a sort of innocent and transformed Marius brooding among the ruins of Carthage!

For the first time in my life a feeling of overpowering stinging melancholy seized me. Before, I had never experienced aught but a not-unpleasing sadness. The bond of a common humanity now drew me irresistibly to gloom. A fraternal melancholy! For both I and Bartleby were sons of Adam. I remembered the bright silks and sparkling faces I had seen that day, in gala trim, swan-like sailing down the Mississippi of Broadway; and I contrasted them with the pallid copyist, and thought to myself, Ah, happiness courts the light, so we deem the world is gay; but misery hides aloof, so we deem that misery there is none. These sad fancyings-chimeras, doubtless, of a sick and silly brain-led on to other and more special thoughts, concerning the eccentricities of Bartleby. Presentiments of strange discoveries hovered round me. The scrivener's pale form appeared to me laid out, among uncaring strangers, in its shivering winding sheet.

Suddenly I was attracted by Bartleby's closed desk, the key in open sight left in the lock.

I mean no mischief, seek the gratification of no heartless curiosity, thought I; besides, the desk is mine, and its contents too, so I will make bold to look within. Every thing was methodically arranged, the papers smoothly placed. The pigeon holes were deep, and removing the files of documents, I groped into their recesses. Presently I felt something there, and dragged it out. It was an old bandanna handkerchief, heavy and knotted. I opened it, and saw it was a savings' bank.

I now recalled all the quiet mysteries which I had noted in the man. I remembered that he never spoke but to answer; that though at intervals he had considerable time to himself, yet I had never seen him reading- no, not even a newspaper; that for long periods he would stand looking out, at his pale window behind the screen, upon the dead brick wall; I was quite sure he never visited any refectory or eating house; while his pale face clearly indicated that he never drank beer like Turkey, or tea and coffee even, like other men; that he never went any where in particular that I could learn; never went out for a walk, unless indeed that was the case at present; that he had declined telling who he was, or whence he came, or whether he had any relatives in the world; that though so thin and pale, he never complained of ill health. And more than all, I remembered a certain unconscious air of pallid-how shall I call it?-of pallid haughtiness, say, or rather an austere reserve about him, which had positively awed me into my tame compliance with his eccentricities, when I had feared to ask him to do the slightest incidental thing for me, even though I might know, from his long-continued motionlessness, that behind his screen he must be standing in one of those dead-wall reveries of his.

Revolving all these things, and coupling them with the recently discovered fact that he made my office his constant abiding place and home, and not forgetful of his morbid moodiness; revolving all these things, a prudential feeling began to steal over me. My first emotions had been those of pure melancholy and sincerest pity; but just in proportion as the forlornness of Bartleby grew and grew to my imagination, did that same melancholy merge into fear, that pity into repulsion. So true it is, and so terrible too, that up to a certain point the thought or sight of misery enlists our best affections; but, in certain special cases, beyond that point it does not. They err who would assert that invariably this is owing to the inherent selfishness of the human heart. It rather proceeds from a certain hopelessness of remedying excessive and organic ill. To a sensitive being, pity is not seldom pain. And when at last it is perceived that such pity cannot lead to effectual succor, common sense bids the soul rid of it. What I saw that morning persuaded me that the scrivener was the victim of innate and incurable disorder. I might give alms to his body; but his body did not pain him; it was his soul that suffered, and his soul I could not reach.

I did not accomplish the purpose of going to Trinity Church that morning. Somehow, the things I had seen disqualified me for the time from church-going. I walked homeward, thinking what I would do with Bartleby. Finally, I resolved upon this;-I would put certain calm questions to him the next morning, touching his history, etc., and if he declined to answer them openly and unreservedly (and I supposed he would prefer not), then to give him a twenty dollar bill over and above whatever I might owe him, and tell him his services were no longer required; but that if in any other way I could assist him, I would be happy to do so, especially if he desired to return to his native place, wherever that might be, I would willingly help to defray the expenses. Moreover, if, after reaching home, he found himself at any time in want of aid, a letter from him would be sure of a reply.

The next morning came. "Bartleby," said I, gently calling to him behind his screen. No reply.

"Bartleby," said I, in a still gentler tone, "come here; I am not going to ask you to do any thing you would prefer not to do-I simply wish to speak to you."

Upon this he noiselessly slid into view. "Will you tell me, Bartleby, where you were born?" "I would prefer not to." "Will you tell me *any thing* about yourself?"

"I would prefer not to."

"But what reasonable objection can you have to speak to me? I feel friendly towards you."

He did not look at me while I spoke, but kept his glance fixed upon my bust of Cicero, which as I then sat, was directly behind me, some six inches above my head.

"What is your answer, Bartleby?" said I, after waiting a considerable time for a reply, during which his countenance remained immovable, only there was the faintest conceivable tremor of the white attenuated mouth.

"At present I prefer to give no answer," he said, and retired into his hermitage.

It was rather weak in me I confess, but his manner on this occasion nettled me. Not only did there seem to lurk in it a certain calm disdain, but his perverseness seemed ungrateful, considering the undeniable good usage and indulgence he had received from me.

Again I sat ruminating what I should do. Mortified as I was at his behavior, and resolved as I had been to dismiss him when I entered my offices, nevertheless I strangely felt something superstitious knocking at my heart, and forbidding me to carry out my purpose, and denouncing me for a villain if I dared to breathe one bitter word against this forlornest of mankind. At last, familiarly drawing my chair behind his screen, I sat down and said: "Bartleby, never mind then about revealing your history; but let me entreat you, as a friend, to comply as far as may be with the usages of this office. Say now you will help to examine papers to-morrow or next day: in short, say now that in a day or two you will begin to be a little reasonable:-say so, Bartleby."

"At present I would prefer not to be a little reasonable," was his mildly cadaverous reply.

Just then the folding-doors opened, and Nippers approached. He seemed suffering from an unusually bad night's rest, induced by severer indigestion than common. He overheard those final words of Bartleby.

"*Prefer not*, eh?" gritted Nippers-"I'd *prefer* him, if I were you, sir," addressing me-"I'd *prefer* him; I'd give him preferences, the stubborn mule! What is it, sir, pray, that he *prefers* not to do now?"

Bartleby moved not a limb.

"Mr. Nippers," said I, "I'd prefer that you would withdraw for the present."

Somehow, of late I had got into the way of

involuntarily using this word "prefer" upon all sorts of not exactly suitable occasions. And I trembled to think that my contact with the scrivener had already and seriously affected me in a mental way. And what further and deeper aberration might it not yet produce? This apprehension had not been without efficacy in determining me to summary means.

As Nippers, looking very sour and sulky, was departing, Turkey blandly and deferentially approached.

"With submission, sir," said he, "yesterday I was thinking about Bartleby here, and I think that if he would but prefer to take a quart of good ale every day, it would do much towards mending him, and enabling him to assist in examining his papers."

"So you have got the word too," said I, slightly excited.

"With submission, what word, sir," asked Turkey, respectfully crowding himself into the contracted space behind the screen, and by so doing, making me jostle the scrivener. "What word, sir?"

"I would prefer to be left alone here," said Bartleby, as if offended at being mobbed in his privacy.

"*That's* the word, Turkey," said I-"that's it." "Oh, *prefer?* oh yes-queer word. I never use it myself. But, sir, as I was saying, if he would but prefer-" "Turkey," interrupted I, "you will please withdraw." "Oh certainly, sir, if you prefer that I should."

As he opened the folding-door to retire, Nippers at his desk caught a glimpse of me, and asked whether I would prefer to have a certain paper copied on blue paper or white. He did not in the least roguishly accent the word prefer. It was plain that it involuntarily rolled from his tongue. I thought to myself, surely I must get rid of a demented man, who already has in some degree turned the tongues, if not the heads of myself and clerks. But I thought it prudent not to break the dismission at once.

The next day I noticed that Bartleby did nothing but stand at his window in his dead-wall revery. Upon asking him why he did not write, he said that he had decided upon doing no more writing.

"Why, how now? what next?" exclaimed I, "do no more writing?" "No more." "And what is the reason?" "Do you not see the reason for yourself," he indifferently replied.

I looked steadfastly at him, and perceived that his eyes looked dull and glazed. Instantly it occurred to me, that his unexampled diligence in copying by his dim window for the first few weeks of his stay with me might have temporarily impaired his vision.

I was touched. I said something in condolence with him. I hinted that of course he did wisely in abstaining from writing for a while; and urged him to embrace that opportunity of taking wholesome exercise in the open air. This, however, he did not do. A few days after this, my other clerks being absent, and being in a great hurry to dispatch certain letters by the mail, I thought that, having nothing else earthly to do, Bartleby would surely be less inflexible than usual, and carry these letters to the post-office. But he blankly declined. So, much to my inconvenience, I went myself.

Still added days went by. Whether Bartleby's eyes improved or not, I could not say. To all appearance, I thought they did. But when I asked him if they did, he vouchsafed no answer. At all events, he would do no copying. At last, in reply to my urgings, he informed me that he had permanently given up copying.

"What!" exclaimed I; "suppose your eyes should get entirely well-better than ever before-would you not copy then?"

"I have given up copying," he answered,

and slid aside.

He remained as ever, a fixture in my chamber. Nay-if that were possible-he became still more of a fixture than before. What was to be done? He would do nothing in the office: why should he stay there? In plain fact, he had now become a millstone to me, not only useless as a necklace, but afflictive to bear. Yet I was sorry for him. I speak less than truth when I say that, on his own account, he occasioned me uneasiness. If he would but have named a single relative or friend, I would instantly have written, and urged their taking the poor fellow away to some convenient retreat. But he seemed alone, absolutely alone in the universe. A bit of wreck in the mid Atlantic. At length, necessities connected with my business tyrannized over all other considerations. Decently as I could, I told Bartleby that in six days' time he must unconditionally leave the office. I warned him to take measures, in the interval, for procuring some other abode. I offered to assist him in this endeavor, if he himself would but take the first step towards a removal. "And when you finally quit me, Bartleby," added I, "I shall see that you go not away entirely unprovided. Six days from this hour, remember."

At the expiration of that period, I peeped

behind the screen, and lo! Bartleby was there.

I buttoned up my coat, balanced myself; advanced slowly towards him, touched his shoulder, and said, "The time has come; you must quit this place; I am sorry for you; here is money; but you must go."

"I would prefer not," he replied, with his back still towards me. "You *must*." He remained silent.

Now I had an unbounded confidence in this man's common honesty. He had frequently restored to me sixpences and shillings carelessly dropped upon the floor, for I am apt to be very reckless in such shirt-button affairs. The proceeding then which followed will not be deemed extraordinary.

"Bartleby," said I, "I owe you twelve dollars on account; here are thirty- two; the odd twenty are yours.-Will you take it?" and I handed the bills towards him.

But he made no motion.

"I will leave them here then," putting them under a weight on the table. Then taking my hat and cane and going to the door I tranquilly turned and added-"After you have removed your things from these offices, Bartleby, you will of course lock the door-since every one is now gone for the day but you-and if you please, slip your key underneath the mat, so that I may have it in the morning. I shall not see you again; so good- bye to you. If hereafter in your new place of abode I can be of any service to you, do not fail to advise me by letter. Good-bye, Bartleby, and fare you well."

But he answered not a word; like the last column of some ruined temple, he remained standing mute and solitary in the middle of the otherwise deserted room.

As I walked home in a pensive mood, my vanity got the better of my pity. I could not but highly plume myself on my masterly management in getting rid of Bartleby. Masterly I call it, and such it must appear to any dispassionate thinker. The beauty of my procedure seemed to consist in its perfect quietness. There was no vulgar bullying, no bravado of any sort, no choleric hectoring, and striding to and fro across the apartment, jerking out vehement commands for Bartleby to bundle himself off with his beggarly traps. Nothing of the kind. Without loudly bidding Bartleby depart- as an inferior genius might have done-I assumed the ground that depart he must; and upon that assumption built all I had to say. The more I thought over my procedure, the more I was charmed with it. Nevertheless, next morning, upon awakening, I had my doubts,-I had somehow slept off the fumes of vanity. One of the coolest and wisest hours a man has, is just after he awakes in the morning. My procedure seemed as sagacious as ever.-but only in theory. How it would prove in practice-there was the rub. It was truly a beautiful thought to have assumed Bartleby's departure; but, after all, that assumption was simply my own, and none of Bartleby's. The great point was, not whether I had assumed that he would quit me, but whether he would prefer so to do. He was more a man of preferences than assumptions.

After breakfast, I walked down town, arguing the probabilities *pro* and *con*. One moment I thought it would prove a miserable failure, and Bartleby would be found all alive at my office as usual; the next moment it seemed certain that I should see his chair empty. And so I kept veering about. At the corner of Broadway and Canal-street, I saw quite an excited group of people standing in earnest conversation.

"I'll take odds he doesn't," said a voice as I passed. "Doesn't go?-done!" said I, "put up your money."

I was instinctively putting my hand in my

pocket to produce my own, when I remembered that this was an election day. The words I had overheard bore no reference to Bartleby, but to the success or non- success of some candidate for the mayoralty. In my intent frame of mind, I had, as it were, imagined that all Broadway shared in my excitement, and were debating the same question with me. I passed on, very thankful that the uproar of the street screened my momentary absent- mindedness.

As I had intended, I was earlier than usual at my office door. I stood listening for a moment. All was still. He must be gone. I tried the knob. The door was locked. Yes, my procedure had worked to a charm; he indeed must be vanished. Yet a certain melancholy mixed with this: I was almost sorry for my brilliant success. I was fumbling under the door mat for the key, which Bartleby was to have left there for me, when accidentally my knee knocked against a panel, producing a summoning sound, and in response a voice came to me from within- "Not yet; I am occupied."

It was Bartleby.

I was thunderstruck. For an instant I stood like the man who, pipe in mouth, was killed one cloudless afternoon long ago in Virginia, by a summer lightning;

at his own warm open window he was killed, and remained leaning out there upon the dreamy afternoon, till some one touched him, when he fell.

"Not gone!" I murmured at last. But again obeying that wondrous ascendancy which the inscrutable scrivener had over me, and from which ascendancy, for all my chafing, I could not completely escape, I slowly went down stairs and out into the street, and while walking round the block, considered what I should next do in this unheard-of perplexity. Turn the man out by an actual thrusting I could not; to drive him away by calling him hard names would not do; calling in the police was an unpleasant idea; and yet, permit him to enjoy his cadaverous triumph over me,-this too I could not think of. What was to be done? or, if nothing could be done, was there any thing further that I could *assume* in the matter? Yes, as before I had prospectively assumed that Bartleby would depart, so now I might retrospectively assume that departed he was. In the legitimate carrying out of this assumption, I might enter my office in a great hurry, and pretending not to see Bartleby at all, walk straight against him as if he were air. Such a proceeding would in a singular degree have the appearance of a home- thrust. It was hardly possible that Bartleby could withstand such an application of the doctrine of assumptions. But upon second thoughts the success of the plan seemed rather dubious. I resolved to argue the matter over with him again.

"Bartleby," said I, entering the office, with a quietly severe expression, "I am seriously displeased. I am pained, Bartleby. I had thought better of you. I had imagined you of such a gentlemanly organization, that in any delicate dilemma a slight hint would have suffice-in short, an assumption. But it appears I am deceived. Why," I added, unaffectedly starting, "you have not even touched that money yet," pointing to it, just where I had left it the evening previous.

He answered nothing.

"Will you, or will you not, quit me?" I now demanded in a sudden passion, advancing close to him.

"I would prefer *not* to quit you," he replied, gently emphasizing the *not*. "What earthly right have you to stay here? Do you pay any rent? Do you pay my taxes? Or is this property yours?" He answered nothing.

"Are you ready to go on and write now? Are your eyes recovered? Could you copy a small paper for me this morning? or help examine a few lines?

or step round to the post-office? In a word, will you do any thing at all, to give a coloring to your refusal to depart the premises?"

He silently retired into his hermitage.

I was now in such a state of nervous resentment that I thought it but prudent to check myself at present from further demonstrations. Bartleby and I were alone. I remembered the tragedy of the unfortunate Adams and the still more unfortunate Colt in the solitary office of the latter; and how poor Colt, being dreadfully incensed by Adams, and imprudently permitting himself to get wildly excited, was at unawares hurried into his fatal act-an act which certainly no man could possibly deplore more than the actor himself. Often it had occurred to me in my ponderings upon the subject, that had that altercation taken place in the public street, or at a private residence, it would not have terminated as it did. It was the circumstance of being alone in a solitary office, up stairs, of a building entirely unhallowed by humanizing domestic associations- an uncarpeted office, doubtless, of a dusty, haggard sort of appearance;- this it must have been, which greatly helped to enhance the irritable desperation of the hapless Colt.

But when this old Adam of resentment rose in me and tempted me concerning Bartleby, I grappled him and threw him. How? Why, simply by recalling the divine injunction: "A new commandment give I unto you, that ye love one another." Yes, this it was that saved me. Aside from higher considerations, charity often operates as a vastly wise and prudent principle-a great safeguard to its possessor. Men have committed murder for jealousy's sake, and anger's sake, and hatred's sake, and selfishness' sake, and spiritual pride's sake; but no man that ever I heard of, ever committed a diabolical murder for sweet charity's sake. Mere self-interest, then, if no better motive can be enlisted, should, especially with high-tempered men, prompt all beings to charity and philanthropy. At any rate, upon the occasion in question, I strove to drown my exasperated feelings towards the scrivener by benevolently construing his conduct. Poor fellow, poor fellow! thought I, he don't mean any thing; and besides, he has seen hard times, and ought to be indulged.

I endeavored also immediately to occupy myself, and at the same time to comfort my despondency. I tried to fancy that in the course of the morning, at such time as might prove agreeable to him, Bartleby, of his own free accord, would emerge from his hermitage, and take up some decided line of march in the direction of the door. But no. Half-past twelve o'clock came; Turkey began to glow in the face, overturn his inkstand, and become generally obstreperous; Nippers abated down into quietude and courtesy; Ginger Nut munched his noon apple; and Bartleby remained standing at his window in one of his profoundest dead-wall reveries. Will it be credited? Ought I to acknowledge it? That afternoon I left the office without saying one further word to him.

Some days now passed, during which, at leisure intervals I looked a little into "Edwards on the Will," and "Priestly on Necessity." Under the circumstances, those books induced a salutary feeling. Gradually I slid into the persuasion that these troubles of mine touching the scrivener, had been all predestinated from eternity, and Bartleby was billeted upon me for some mysterious purpose of an all-wise Providence, which it was not for a mere mortal like me to fathom. Yes, Bartleby, stay there behind your screen, thought I; I shall persecute you no more; you are harmless and noiseless as any of these old chairs; in short, I never feel so private as when I know you are here. At last I see it, I feel it; I penetrate to the predestinated purpose of my life. I am content. Others may have loftier parts to enact; but my mission in this world, Bartleby, is to furnish you with office-room for such period as you may see fit to remain.

I believe that this wise and blessed frame of mind would have continued with me, had it not been for the unsolicited and uncharitable remarks obtruded upon me by my professional friends who visited the rooms. But thus it often is, that the constant friction of illiberal minds wears out at last the best resolves of the more generous. Though to be sure, when I reflected upon it, it was not strange that people entering my office should be struck by the peculiar aspect of the unaccountable Bartleby, and so be tempted to throw out some sinister observations concerning him. Sometimes an attorney having business with me, and calling at my office and finding no one but the scrivener there, would undertake to obtain some sort of precise information from him touching my whereabouts; but without heeding his idle talk, Bartleby would remain standing immovable in the middle of the room. So after contemplating him in that position for a time, the attorney would depart, no wiser than he came.

Also, when a Reference was going on, and the room full of lawyers and witnesses and business was driving fast; some deeply occupied legal gentleman present, seeing Bartleby wholly unemployed, would request him to run round to his (the legal gentleman's) office and fetch some papers for him. Thereupon, Bartleby would tranquilly decline, and yet remain idle as before. Then the lawyer would give a great stare, and turn to me. And what could I say? At last I was made aware that all through the circle of my professional acquaintance, a whisper of wonder was running round, having reference to the strange creature I kept at my office. This worried me very much. And as the idea came upon me of his possibly turning out a long-lived man, and keep occupying my chambers, and denying my authority; and perplexing my visitors; and scandalizing my professional reputation; and casting a general gloom over the premises; keeping soul and body together to the last upon his savings (for doubtless he spent but half a dime a day), and in the end perhaps outlive me, and claim possession of my office by right of his perpetual occupancy: as all these dark anticipations crowded upon me more and more, and my friends continually intruded their relentless remarks upon the apparition in my room; a great change was wrought in me. I resolved to gather all my faculties together, and for ever rid me of this intolerable incubus.

Ere revolving any complicated project, however, adapted to this end, I first simply suggested to Bartleby the propriety of his permanent departure. In a calm and serious tone, I commended the idea to his careful and mature consideration. But having taken three days to meditate upon it, he apprised me that his original determination remained the same; in short, that he still preferred to abide with me.

What shall I do? I now said to myself, buttoning up my coat to the last button. What shall I do? what ought I to do? what does conscience say I *should* do with this man, or rather ghost. Rid myself of him, I must; go, he shall. But how? You will not thrust him, the poor, pale, passive mortal,-you will not thrust such a helpless creature out of your door? you will not dishonor yourself by such cruelty? No, I will not, I cannot do that. Rather would I let him live and die here, and then mason up his remains in the wall. What then will you do? For all your coaxing, he will not budge. Bribes he leaves under your own paperweight on your table; in short, it is quite plain that he prefers to cling to you.

Then something severe, something unusual must be done. What! surely you will not have him collared by a constable, and commit his innocent pallor to the common jail? And upon what ground could you procure such a thing to be done?-a vagrant, is he? What! he a vagrant, a wanderer, who refuses to budge? It is because he will *not* be a vagrant, then, that you seek to count him as a vagrant. That is too absurd. No visible means of support: there I have him. Wrong again: for indubitably he *does* support himself, and that is the only unanswerable proof that any man can show of his possessing the means so to do. No more then. Since he will not quit me, I must quit him. I will change my offices; I will move elsewhere; and give him fair notice, that if I find him on my new premises I will then proceed against him as a common trespasser.

Acting accordingly, next day I thus addressed him: "I find these chambers too far from the City Hall; the air is unwholesome. In a word, I propose to remove my offices next week, and shall no longer require your services. I tell you this now, in order that you may seek another place."

He made no reply, and nothing more was said.

On the appointed day I engaged carts and men, proceeded to my chambers, and having but little furniture, every thing was removed in a few hours. Throughout, the scrivener remained standing behind the screen, which I directed to be removed the last thing. It was withdrawn; and being folded up like a huge folio, left him the motionless occupant of a naked room. I stood in the entry watching him a moment, while something from within me upbraided me.

I re-entered, with my hand in my pocket-and-and my heart in my mouth.

"Good-bye, Bartleby; I am going-good-bye, and God some way bless you; and take that," slipping something in his hand. But it dropped upon the floor, and then,-strange to say-I tore myself from him whom I had so longed to be rid of.

Established in my new quarters, for a day or two I kept the door locked, and started at every footfall in the passages. When I returned to my rooms after any little absence, I would pause at the threshold for an instant, and attentively listen, ere applying my key. But these fears were needless.

Bartleby never came nigh me.

I thought all was going well, when a perturbed looking stranger visited me, inquiring whether I was the person who had recently occupied rooms at No.-Wall-street.

Full of forebodings, I replied that I was.

"Then sir," said the stranger, who proved a lawyer, "you are responsible for the man you left there. He refuses to do any copying; he refuses to do any thing; he says he prefers not to; and he refuses to quit the premises."

"I am very sorry, sir," said I, with assumed tranquility, but an inward tremor, "but, really, the man you allude to is nothing to me-he is no relation or apprentice of mine, that you should hold me responsible for him."

"In mercy's name, who is he?"

"I certainly cannot inform you. I know nothing about him. Formerly I employed him as a copyist; but he has done nothing for me now for some time past."

"I shall settle him then,-good morning, sir."

Several days passed, and I heard nothing more; and though I often felt a charitable prompting to call at the place and see poor Bartleby, yet a certain squeamishness of I know not what withheld me.

All is over with him, by this time, thought I at last, when through another week no further intelligence reached me. But coming to my room the day after, I found several persons waiting at my door in a high state of nervous excitement.

"That's the man-here he comes," cried the foremost one, whom I recognized as the lawyer who had previously called upon me alone.

"You must take him away, sir, at once," cried a portly person among them, advancing upon me, and whom I knew to be the landlord of No.- Wall-street. "These gentlemen, my tenants, cannot stand it any longer; Mr. B-" pointing to the lawyer, "has turned him out of his room, and he now persists in haunting the building generally, sitting upon the banisters of the stairs by day, and sleeping in the entry by night. Every body is concerned; clients are leaving the offices; some fears are entertained of a mob; something you must do, and that without delay."

Aghast at this torrent, I fell back before it, and would fain have locked myself in my new quarters. In vain I persisted that Bartleby was nothing to me-no more than to any one else. In vain:-I was the last person known to have any thing to do with him, and they held me to the terrible account. Fearful then of being exposed in the papers (as one person present obscurely threatened) I considered the matter, and at length said, that if the lawyer would give me a confidential interview with the scrivener, in his (the lawyer's) own room, I would that afternoon strive my best to rid them of the nuisance they complained of.

Going up stairs to my old haunt, there was Bartleby silently sitting upon the banister at the landing.

"What are you doing here, Bartleby?" said I. "Sitting upon the banister," he mildly replied. I motioned him into the lawyer's room, who then left us.

"Bartleby," said I, "are you aware that you are the cause of great tribulation to me, by persisting in occupying the entry after being dismissed from the office?"

No answer.

"Now one of two things must take place. Either you must do something, or something must be done to you. Now what sort of business would you like to engage in? Would you like to re-engage in copying for some one?"

"No; I would prefer not to make any change." "Would you like a clerkship in a dry-goods store?"

"There is too much confinement about that. No, I would not like a clerkship; but I am not particular."

"Too much confinement," I cried, "why you keep yourself confined all the time!"

"I would prefer not to take a clerkship," he rejoined, as if to settle that little item at once.

"How would a bar-tender's business suit you? There is no trying of the eyesight in that."

"I would not like it at all; though, as I said before, I am not particular." His unwonted wordiness inspirited me. I returned to the charge.

"Well then, would you like to travel through the country collecting bills for the merchants? That would improve your health."

"No, I would prefer to be doing something else."

"How then would going as a companion to Europe, to entertain some young gentleman with your conversation,-how would that suit you?"

"Not at all. It does not strike me that there is any thing definite about that. I like to be stationary. But I am not particular."

"Stationary you shall be then," I cried, now losing all patience, and for the first time in all my exasperating connection with him fairly flying into a passion. "If you do not go away from these premises before night, I shall feel bound-indeed I *am* bound-to-to-to quit the premises myself!" I rather absurdly concluded, knowing not with what possible threat to try to frighten his immobility into compliance. Despairing of all further efforts, I was precipitately leaving him, when a final thought occurred to me-one which had not been wholly unindulged before.

"Bartleby," said I, in the kindest tone I could assume under such exciting circumstances, "will you go home with me now-not to my office, but my dwelling-and remain there till we can conclude upon some convenient arrangement for you at our leisure? Come, let us start now, right away."

"No: at present I would prefer not to make any change at all."

I answered nothing; but effectually dodging every one by the suddenness and rapidity of my flight, rushed from the building, ran up Wall-street towards Broadway, and jumping into the first omnibus was soon removed from pursuit. As soon as tranquility returned I distinctly perceived that I had now done all that I possibly could, both in respect to the demands of the landlord and his tenants, and with regard to my own desire and sense of duty, to benefit Bartleby, and shield him from rude persecution. I now strove to be entirely care-free and quiescent; and my conscience justified me in the attempt; though indeed it was not so successful as I could have wished. So fearful was I of being again hunted out by the incensed landlord and his exasperated tenants, that, surrendering my business to Nippers, for a few days I drove about the upper part of the town and through the suburbs, in my rockaway; crossed over to Jersey City and Hoboken, and paid fugitive visits to Manhattanville and Astoria. In fact I almost lived in my rockaway for the time.

When again I entered my office, lo, a note from the landlord lay upon the desk. I opened it with trembling hands. It informed me that the writer had sent to the police, and had Bartleby removed to the Tombs as a vagrant. Moreover, since I knew more about him than any one else, he wished me to appear at that place, and make a suitable statement of the facts. These tidings had a conflicting effect upon me. At first I was indignant; but at last almost approved. The landlord's energetic, summary disposition had led him to adopt a procedure which I do not think I would have decided upon myself; and yet as a last resort, under such peculiar circumstances, it seemed the only plan.

As I afterwards learned, the poor scrivener, when told that he must be conducted to the Tombs, offered not the slightest obstacle, but in his pale unmoving way, silently acquiesced.

Some of the compassionate and curious bystanders joined the party; and headed by one of the constables arm in arm with Bartleby, the silent procession filed its way through all the noise, and heat, and joy of the roaring thoroughfares at noon.

The same day I received the note I went to the Tombs, or to speak more properly, the Halls of Justice. Seeking the right officer, I stated the purpose of my call, and was informed that the individual I described was indeed within. I then assured the functionary that Bartleby was a perfectly honest man, and greatly to be compassionated, however unaccountably eccentric. I narrated all I knew, and closed by suggesting the idea of letting him remain in as indulgent confinement as possible till something less harsh might be done-though indeed I hardly knew what. At all events, if nothing else could be decided upon, the alms-house must receive him. I then begged to have an interview.

Being under no disgraceful charge, and quite serene and harmless in all his ways, they had permitted him freely to wander about the prison, and especially in the inclosed grass-platted yard thereof. And so I found him there, standing all alone in the quietest of the yards, his face towards a high wall, while all around, from the narrow slits of the jail windows, I thought I saw peering out upon him the eyes of murderers and thieves.

"Bartleby!"

"I know you," he said, without looking round,- "and I want nothing to say to you."

"It was not I that brought you here, Bartleby," said I, keenly pained at his implied suspicion. "And to you, this should not be so vile a place. Nothing reproachful attaches to you by being here. And see, it is not so sad a place as one might think. Look, there is the sky, and here is the grass."

"I know where I am," he replied, but would say nothing more, and so I left him.

As I entered the corridor again, a broad meat-like man, in an apron, accosted me, and jerking his thumb over his shoulder said-"Is that your friend?"

"Yes."

"Does he want to starve? If he does, let him live on the prison fare, that's all."

"Who are you?" asked I, not knowing what

to make of such an unofficially speaking person in such a place.

"I am the grub-man. Such gentlemen as have friends here, hire me to provide them with something good to eat."

"Is this so?" said I, turning to the turnkey. He said it was.

"Well then," said I, slipping some silver into the grub-man's hands (for so they called him). "I want you to give particular attention to my friend there; let him have the best dinner you can get. And you must be as polite to him as possible."

"Introduce me, will you?" said the grub-man, looking at me with an expression which seem to say he was all impatience for an opportunity to give a specimen of his breeding.

Thinking it would prove of benefit to the scrivener, I acquiesced; and asking the grub-man his name, went up with him to Bartleby.

"Bartleby, this is Mr. Cutlets; you will find him very useful to you."

"Your sarvant, sir, your sarvant," said the grub-man, making a low salutation behind his apron. "Hope you find it pleasant here, sir,- spacious grounds-cool apartments, sir-hope you'll stay with us some time-try to make it agreeable. May Mrs. Cutlets and I have the pleasure of your company to dinner, sir, in Mrs. Cutlets' private room?"

"I prefer not to dine to-day," said Bartleby, turning away. "It would disagree with me; I am unused to dinners." So saying he slowly moved to the other side of the inclosure, and took up a position fronting the dead- wall.

"How's this?" said the grub-man, addressing me with a stare of astonishment. "He's odd, aint he?"

"I think he is a little deranged," said I, sadly.

"Deranged? deranged is it? Well now, upon my word, I thought that friend of yourn was a gentleman forger; they are always pale and genteel- like, them forgers. I can't pity 'em-can't help it, sir. Did you know Monroe Edwards?" he added touchingly, and paused. Then, laying his hand pityingly on my shoulder, sighed, "he died of consumption at Sing- Sing. So you weren't acquainted with Monroe?"

"No, I was never socially acquainted with any forgers. But I cannot stop longer. Look to my friend yonder. You will not lose by it. I will see you again."

Some few days after this, I again obtained admission to the Tombs, and went through the corridors in quest of Bartleby; but without finding him.

"I saw him coming from his cell not long ago," said a turnkey, "may be he's gone to loiter in the yards."

So I went in that direction.

"Are you looking for the silent man?" said another turnkey passing me. "Yonder he lies-sleeping in the yard there. 'Tis not twenty minutes since I saw him lie down."

The yard was entirely quiet. It was not accessible to the common prisoners. The surrounding walls, of amazing thickness, kept off all sounds behind them. The Egyptian character of the masonry weighed upon me with its gloom. But a soft imprisoned turf grew under foot. The heart of the eternal pyramids, it seemed, wherein, by some strange magic, through the clefts, grass-seed, dropped by birds, had sprung.

Strangely huddled at the base of the wall, his knees drawn up, and lying on his side, his head touching the cold stones, I saw the wasted Bartleby. But nothing stirred. I paused; then went close up to him; stooped over, and saw that his dim eyes were open; otherwise he seemed profoundly sleeping. Something prompted me to touch him. I felt his hand, when a tingling shiver ran up my arm and down my spine to my feet.

The round face of the grub-man peered upon me now. "His dinner is ready. Won't he dine to-day, either? Or does he live without dining?"

"Lives without dining," said I, and closed his eyes. "Eh!-He's asleep, aint he?" "With kings and counselors," murmured I.

****

There would seem little need for proceeding further in this history. Imagination will readily supply the meager recital of poor Bartleby's interment. But ere parting with the reader, let me say, that if this little narrative has sufficiently interested him, to awaken curiosity as to who Bartleby was, and what manner of life he led prior to the present narrator's making his acquaintance, I can only reply, that in such curiosity I fully share, but am wholly unable to gratify it.

Yet here I hardly know whether I should divulge one little item of rumor, which came to my ear a few months after the scrivener's decease.

Upon what basis it rested, I could never ascertain; and hence, how true it is I cannot now tell. But inasmuch as this vague report has not been without certain strange suggestive interest to me, however sad, it may prove the same with some others; and so I will briefly mention it.

The report was this: that Bartleby had been a subordinate clerk in the Dead Letter Office at Washington, from which he had been suddenly removed by a change in the administration. When I think over this rumor, I cannot adequately express the emotions which seize me. Dead letters! does it not sound like dead men?

Conceive a man by nature and misfortune prone to a pallid hopelessness, can any business seem more fitted to heighten it than that of continually handling these dead letters, and assorting them for the flames? For by the cart-load they are annually burned. Sometimes from out the folded paper the pale clerk takes a ring:-the finger it was meant for, perhaps, moulders in the grave; a bank-note sent in swiftest charity:-he whom it would relieve, nor eats nor hungers any more; pardon for those who died despairing; hope for those who died unhoping; good tidings for those who died stifled by unrelieved calamities. On errands of life, these letters speed to death.

Ah Bartleby! Ah humanity!

연보

1819 미국 뉴욕에서 8월 1일 앨런 멜빌과
마리아 멜빌의 4남 4녀 중 셋째로 태어남

1826 성홍열에 걸림, 뉴욕남자학교에 입학

1829 맨해튼의 컬럼비아 학교로 전학

1830 아버지의 직물 수입 사업이 파산하여
올버니로 이사. 멜빌은 올버니 아카데미로 전학

1832 아버지의 사망으로 랜싱버그로 이사.
멜빌은 가족의 생계를 위해 가게와 은행 등에서
일을 시작함. 올버니 고전학교를 잠시 다님

1837 학교에서 학생들을 가르침

1839 이리 운하 건설회사에서 측량사일을 하고자 했으나
실패하고 리버풀로 가는 세인트 로렌스호의 선실
승무원이 됨. 이 당시의 경험을 바탕으로
『레드번Redburn: His first voyage』(1849)을 씀

1841 남태평양으로 가는 애커시넷호의 선원으로
포경선을 탐. 훗날 멜빌은 자신의 인생이
이 시점에서 시작되었다고 말함.
18개월 동안의 이 경험을 바탕으로
『모비 딕Moby Dick or The Whale』(1851)을 씀

1842 포경선의 혹독한 환경을 이기지 못하고
7월 기항지였던 마키저스 제도에서 도망쳐

타이피족과 생활.
8월 오스트레일리아 포경선 루시안호를 타고
타히티 섬에서 내림. 거기서 폭행 사건에 연루되어
영국 영사관에 체포됨. 10월 에이메오 섬으로
달아났다가 11월 하와이로 가는 포경선에 승선하여
호놀룰루에서 내려 몇 달간 세관에서 일함

1843   8월 호놀룰루에서 미국 해군의 수병으로 채용

1844   보스턴으로 돌아옴.
        가족들의 권유로 자신의 모험담을 쓰기 시작

1846   타이피족과 생활한 경험을 바탕으로
        첫 번째 소설인 『타이피Typee』 출간.
        호평과 함께 영국에서 베스트셀러가 됨

1847   8월 매사추세츠주 대법관의 딸 엘리자베스 쇼와
        결혼. 타히티 섬에 대한 식민지 사업과
        기독교 포교에 대한 반감을 드러낸 두 번째 소설
        『오무Omoo』 출간

1849   문명 비판을 담은 『마르디Mardi』에 대한 혹평을
        받은 후 모험 소설인 『레드번Redburn: His
        first voyage』 출간.
        첫째 아들 말콤 태어남

1850   매사추세츠 피츠필드에 있는 너새니얼 호손 집
        근처에 농장을 구매하고 호손과 교류 시작.

미 해군의 폐단을 비판한『하얀 재킷 혹은 군함의
세계White jacket or the World in a
man-of-war』출간

1851 『모비 딕Moby Dick or The Whale』출간.
호손은 호평했으나 문단에서는 혹평만 받음.
둘째 아이 스탠윅스 태어남

1852 『피에르 혹은 모호함Pierre or the Ambiguities』출간.
뉴잉글랜드 청교도의 분노를 일으켰던 근친상간
사건을 다뤄 부도덕하다는 비난을 받음.
재정적으로도 어려워짐

1853 출판사에 화재가 발생하여 그의 모든 작품이 사라짐.
〈퍼트넘스 먼슬리 매거진〉에『필경사 바틀비
Bartleby, the Scrivener』발표.
셋째 아이 엘리자베스 태어남

1855 〈퍼트넘스 먼슬리 매거진〉에 연재했던『이스라엘
포터Israel Potter: His Fifty of Exile』출간.
넷째 아이 프랜시스 태어남

1856 창작력 고갈과 슬럼프로 유럽과 지중해를 여행.
지중해 지방은 주로 성지였고 그 경험을 바탕으로
여행 일기『해협일지 Jonal up the straits』와
『클라렐Clarel: A Poem and Pilgrimage in the
Holy Land』을 씀.

중단편을 엮은 『회랑 이야기The Piazza Tales』 출간

1857 풍자소설 『사기꾼The Confidence-Man』 출간. 돈을 벌기 위해 공개 강연 시작

1864 남북전쟁의 전장이었던 버지니아를 방문하고 남북 전쟁을 주제로 한 시집 『전쟁 시와 전쟁의 양상 Battle Piece and Aspects of the War』(1866) 씀

1866 뉴욕 세관의 검사관직을 얻음. 19년 동안 그 자리를 보전했고 부패한 기관에서 정직하기로 정평이 남. 그러나 동시에 신경 쇠약과 예측할 수 없는 기분 변화로 주위 사람들과 사이가 안 좋음

1867 장남 말콤 권총 자살

1876 『클라렐Clarel: A Poem and Pilgrimage in the Holy Land』 출간

1886 차남 스탠윅스 결핵으로 사망

1888 시집 『존 마르와 선원들John Marr And Other Sailors』 출간

1889 뉴욕 소사이어티 도서관의 회원이 됨

1891 시집 『티몰레온 Timoleon』 출간. 마지막 소설 『선원 빌리 버드 인사이드 스토리Billy Budd, Sailor: An inside story』(1924년 출간)를 원고로 남기고 심장마비로 사망

비인간, 바틀비

인간이란, 문화적인 행위를 하며 타인과의 '관계' 속에서 정체성이 획득되는 존재입니다. 즉, 인간으로 살기 위해서는 특정 문화를 이해하고 그 문화와 사회를 지탱하는 행위를 해야만 합니다. 농경사회에서는 농사를 지어야 하며, 법이 지배하는 사회에서는 그 법이 규정하는 행위에 따라 범법자와 아닌 자가 구분됩니다.

바틀비는 인간입니다. 생물학적 인간임은 물론일 것이며, 필경사라는 어엿한 직업을 가진 인간입니다. 그러나 바틀비는 조금 다릅니다. 소설에 서술되었듯, 그의 생애 전반을 설명해 줄 어떤 자료도 없습니다. "기본적인 것이 아주 적"은 사람이며, 주인공이 직접 본 것을 제외하고는 모호한 기록만이 있는 자입니다. 즉 그는 역사가 없는 자이며, 인간들 사이의 관계에서 탈각된 존재입니다. 아무도 그를 증언해 주지 않으며, 그를 증언할 만한 그 무엇도 없습니다. 거기다 바틀비는 인간이라고 규정해 주었던 필경 행위마저 그만두고, 그 이후 먹는 것마저 하지 않습니다. 인간이라 규정할 모든 행위를 거부하는 것입니다.

그럼에도 여전히, 바틀비는 인간입니다. 밥을 먹지 않거나, 자신이 하던 일을 거부하는 것도, 인간이기에 할 수 있습니다. 공동체가 요구하는 질서를 거부하는 바틀비 같은 인간도 존재할 수 있는 것입니다. 그러나 그 거부는 그를 쓸모없는 사람으로 만듭니다. 질서를 거부했기 때문에 그는 배달 불능으로 분류되어 소각(죽게) 됩니다. 인간이지만, 인간의 행위를 모두 거부하는 그는 인간 속의 비인간을 현현합니다.

쓸모없는 인간에 대한 기록, 문학

우리는 모두 자신의 쓸모에 대해 생각하며 삽니다. 먹고 사는 문제, 경제 활동의 여부, 그 활동이 발생시키는 부의 확장 등등, 현재 우리 문화와 질서는 그 영역을 조금만 벗어나도 쓸모없는 존재라고 분류합니다. 그렇게 분류되는 인간은 배달 불능으로 분류되어 바틀비처럼 소각될 것입니다.

이런 존재, 역사도 없고 자신의 자리가 없는 사람을 위해 기록하는 것이 문학이라고 생각합니다. 밥을 먹고 삶을 살아가는 데 문학은 필요하지 않습니다. 문학을 읽지 않아도 사는 데 전혀 지장이 없으니까요. 그러나 문학은 있어야 합니다. 왜일까요.

서술자는 바틀비 앞에서 멈칫했고, 뒤돌아보고, 찾아가고 확인합니다. 그가 멈칫하는 순간이, 문학이 발생하는 지점입니다. 그가 나와 같은 인간이며 심지어 인간적인 활동을 거부하더라도 그가 인간임을 알아차릴 때, 인간은 인간을 존중할 수 있고, 잔인해지지 않을 수 있습니다. 그 기본적인 태도가 인간의 문화와 사회의 질적 변화를 촉구합니다. 이 변화를 위해서는 쓸모없는 인간 앞에서 윤리적인 태도, 나아가 기록 없는 사람을 기록으로 남기는 문학이 필요합니다. 이것이야말로 『바틀비, 월 스트리트의 한 필경사 이야기』의 문학적 의의일 것입니다. 인간적인 활동을 거부하고, 쓸모의 영역을 거부하고, 심지어 살아있는 것조차를 거부하더라도 그는 여전히 인간임을 기록하는 것과, 우리가 바틀비와 같은 존재 앞에서 '멈칫'하는 것이야말로 우리 인간의 문화와 공동체적 질서를 변화시키는 윤리적 책임감의 시작이라는 것 말입니다.

2021년 4월

책봇에디스코 편집부

이 소설은 필경사라는 직업, 일할 때 쓰이는 잉크와 펜, 밀랍 봉인 등 현재 시점에서 익숙하지 않은 개념이 등장하기는 하나 변호사 사무실, 월 스트리트, 직장 내 인간 군상들의 이야기를 따라가다 보면 현대인들에게도 이질감 없이 읽힙니다.

하지만 소설을 시각화하기 위해서는 인물들의 생김새 외에도 19세기 후반 이 소설의 배경 공간은 어떤 모습이었을지, 어떤 옷을 입었을지 등에 대한 고증이 필요했습니다.

복식

기본적으로 의상은 『서양복식사』(신상옥 지음, 수학사, 2016)의 남자 복식을 참고했습니다(놀랍게도 이 책의 등장인물은 모두 남자입니다).

'필경사 바틀비'는 1853년 세상에 처음 나왔습니다. 시기적으로는 크리놀린 스타일의 옷을 입었을 것인데, 영화 〈바람과 함께 사라지다〉에서 주인공 스칼렛 오하라가 입었던 것 같은 엄청난 치마 도련을 가진 드레스가 대표적 아이템입니다.

굉장히 고전적이고 비실용적인 스타일로 보이나, 사실 이 시기에 미국은 남북전쟁을 겪은 후 값싼 노동력과 기계에 의한 산업발달이 진행됐으며 재봉틀의 발명으로 의복의 대량생산 또한 가능해진 현대화의 시기입니다. 여성들의 비활동적인 복장을 개선하기 위한 기능적인 여성복이 등장했으며 남성복은 한 벌의 슈트로 매치하고 딱 붙지도 헐렁하지도 않은 단순한 실루엣을 가진 실용적인 현대 의복으로의 전환이 이루어졌습니다.

크리놀린 스타일 안에서도 남성복의 세부 아이템들은 유행하게 된 시기가 조금씩 차이가 있습니다. 이 책에서 인물들에게 주로 입힌 디토 슈트(바지 조끼, 코트를 같은 색과 직물로 맞추고 몸에 꼭 끼지 않는 스타일)와 색코트(1860년대 이후), 꺾인 스탠딩 칼라(1870년대 이후) 등은 이 소설이 쓰인 당시에는 입지 않았을 것으로 추측됩니다.

사실 이 소설이 쓰인 당시라면 남성들은 잘록한 허리와 윗몸에 볼륨을 준 상의, 화려한 비단이나 꽃무늬 조끼, 좁은 통의 바지를 입었을 가능성이 높습니다. 비록 바틀비가 성격상 유행을 좇지 않을 것 같기는 하나 어느 정도 시대의 영향을 받았을 것을 생각하면 이질감이 느껴지는 옷차림입니다.

바틀비에게는 금욕적이고 차분한 분위기의 디토 슈트가 더 어울릴 것 같아 출판사에 양해를 구해 글이 쓰인 시기에 맞추기보다는 널리 읽혔을 시기에 맞추어 의상을 그렸습니다.

장소

이야기가 진행되는 공간은 모두 실존하는 장소들인 만큼 실제 모습과 이질감이 생기지 않도록 많은 자료를 참고하고 구상하는 과정이 필요했습니다. 툼스 구치소는 이름 때문에 가상의 공간이라고 생각했으나 맨해튼에 실존하는 교도소입니다. 현대에 들어 리모델링되어 당시의 모습을 참고할 만한 사진이나 그림 자료가 거의 남아있지 않지만, 구치소가 이집트 건축 양식으로 지어졌다는 설명에 근거하여 그렸습니다. 툼스(무덤)가 이집트 피라미드를 연상시킨다는 문구가 작품 안에도 포함되어 있습니다.

월 스트리트의 풍경 또한 당시의 자료들과 건축물들을 참고하여 구축해 낸 반(半)가상 이미지입니다.

인물

변호사 사무실의 기존 직원 3명이야 소설 안에서 워낙 상세히 묘사되어 있어 큰 고민의 여지는 없었으나, 바틀비에 대해서는 외모가 아닌 상황별로 분위기 위주로 언급되어 있어 시각화가 쉽지 않았습니다.

자세한 묘사가 없었던 만큼 상상의 여지가 많았고 편집부와 역자, 일러스트레이터 간 상상하는 바틀비의 분위기가 조금씩 다른 점도 있어 이를 조율하며 하나의 바틀비를 만들어 나갔습니다.

책을 읽으며 삽화와 내가 상상하는 주인공 간의 간극이 크거나, 영화화된 소설의 주인공이 내가 생각한 그 인물과 전혀 다를 때 김이 새고 몰입이 잘 안 되는 경험을 누구나 가지고 있을 텐데, 이 책에서의 바틀비와 독자가 상상하는 바틀비의 결이 맞기를 바라봅니다.

　　　2021년 4월
　　　권아림

Bartleby, the Scrivener
A Story of Wall-Street

바틀비

월 스트리트의 한 필경사 이야기

인쇄		2021년 4월 10일 초판 1쇄
발행		2021년 4월 17일 초판 1쇄
지은이		허먼 멜빌
옮긴이		추선정
그린이		권아림
펴낸이		최윤영
펴낸곳		책봇에디스코
주간		박혜선
디자인		나비
출판등록		2020년 7월 22일 제2020-000116호
전화		02-6397-5302
팩스		02-6397-5306
이메일		ediscobook@gmail.com
인스타그램		www.instagram.com/edisco_books
블로그		blog.naver.com/ediscobook
페이스북		www.facebook.com/edisco.book.1

©추선정, 권아림 2021

ISBN 979-11-971270-3-8(03840)